文
景

Horizon

日系 | Horizon

社科新知　文艺新潮

公园 生活

パーク・ライフ

YOSHIDA SHUICHI

[日] 吉田修一 ——著 伏怡琳 ——译

上海人民出版社

公园生活

日比谷红绿灯路口的地下，飞奔着三条铁路线。要是把周围这一片，就比如那座有乐町 Mullion 中心大楼比成是生日蛋糕上的装饰，再用一把锋利的尖刀从上空对半切开，那下面蛋糕的部分里，地铁车站和人行通道绝对就像蚁巢一样密密麻麻纵横交错。不管这地面上的噱头有多么花里胡哨，像这种内里千疮百孔松松垮垮的蛋糕，可不怎么让人高兴得起来。

我穿过检票口，一边小心戒备着刚清扫到一半的湿漉漉的地面，一边朝通往日比谷公园的出口走去。笔直延伸的地下通道天顶压得很低，越走越觉得自己好像越缩越矮。半道上，我回身瞥了一眼，那个刚才明明跟我一道下车的女人已经不见了踪影。这之前，在地铁日比谷线的车厢里出了那么点小意外。电车在霞关站停了一段时间，没有广播说明就关了空调，好一阵子纹丝不动。那车停得也真是地方，叫人忍不住想要抽动鼻子四下闻闻是不是真有什么东西臭烘烘的。也不知道车停了多久，反正我自始至终斜倚在车门上，神思恍惚地看着窗外“日本器官移植网络”的广告。上面写着：“人死之后，有些东西依然可以继续活着。比如，你的意愿。”我想我那时真是恍惚到一定境界了，居然生出一种错觉，以为刚刚已经在六本木站下车的公司前辈近藤依然还站在我身后。

“快看那个，有没有觉得瘆得慌？”我伸出手指抵在窗玻璃上，想也没想就对身后一个陌生女人露出了笑容。近旁的乘客不约而同抬眼看我。因为突然被人搭话，那女人也愣了一下。不过，眼看乘客间就要冒出一阵窃笑的时候，“还真是，瘆得慌。”那个初次相逢的女人竟然把目光投向窗外，从容不迫地回应了我的提问。这一次，轮到我愣了一下。

“……死了以后自己的器官还要继续活下去，想到这个是怪吓人的，感觉背脊发凉。”女人紧接着补了一句，那口气就像在跟一个相识了快十年的老友聊天。本来脸红一下也就过去了，可现在我胳肢窝底下却渗出了黏糊糊的汗液。其他乘客看样子已经认定这两人本来就认识，只不过刚才暂时没说话罢了，对我们失去了兴趣。

那之后电车又继续停了好一会儿。女人就像什么都没发生，抬眼看悬在车顶的横幅广告，而我只能自顾自地，把脸紧紧贴到玻璃窗上，尽一切可能避免和她目光相触，并在心里默默祈祷：老天保佑，快开车吧。

走完细细窄窄的通道，我小跑着冲上日比谷公园出口的楼梯。去店铺推销的路上，差不多每天都要走这段楼梯到公园去，可从没在通道里碰到过其他什么人。虽说地铁车站的出口，既会有像银座数寄屋桥口那样的当红花旦，也会有像这里这般无人问津的无名小卒，但假如每次都只有我一个人，那干脆把我的名字安在这出口上，应该也不为过吧。

在昏暗的楼梯上踩完最后一级台阶，出来就是公园派出所背后。跨过公厕边低矮的围栏踏进公园，空气马上就和地铁里不一样起来，泥土的气息和夏日草丛散发的热气一个劲地搔弄着鼻孔。进到园里后，我总是尽最大努力俯首低眉闷头走路。克制自己不去看远处的东西，在环绕心字湖的那片杂木林间的小道上，死死盯住脚下一路只管朝前走，穿过银杏林，走过小音乐堂，径直冲进大喷泉广场。广场上有一群鸽子，像吃不上这口便要死掉似的疯狂啄食。我一边注意不踩到它们一边横穿过广场，在环喷泉而设的长椅上缓慢而舒坦地落了座。这个时候，断断不能马上抬头。首先要松一松领带，抿，且只能抿一口在地铁站的小店里买来的罐装咖啡。抬头之前，最好还能把眼睛闭上那么几秒。然后，慢悠悠地深吸一口气，接着猛一下子仰头睁眼。在眼睛“啪”一下睁开的瞬间，原本构成近景、中景、远景的大喷泉、深绿树木和帝国饭店，会忽然远近倒错相互反转，一股脑地飞扑进视野。对于先前已经习惯了狭窄通道的眼睛来说虽然稍微有点不厚道，但那一刹那，大脑芯子会晕晕乎乎体会到一种轻度的灵魂出窍。也不知道为什么，有时甚至会涌起一股眼泪。不过，这个时候若是硬要给那泪水安上某个名目，反而会哗一下子，身体不知什么地方忽然就清醒过来，眼泪顿时便干涸了。

昨天晚上，我在宇田川夫妇家的大公寓里看了部电影，片名叫《拉链拉下来》。那两口子还是没回来，所以就我和他们的宠物猴“拉格斐”过二人世界。刚开始，我边看还边逗弄小松鼠猴两下，把小家伙抱放到肩头，或陪它在地板上滚滚网球，也不知道从哪一段起，我大概彻底沉入了电影的世界，受了冷落的拉格斐立起身子堵在电视机前，“吱吱吱”地开始了一种类似提臀操的运动。为了讨好小家伙，我从厨房里拿来瓜子，取出二十颗左右堆放在掌心伸到它面前。拉格斐一颗一颗抓到手里，“咔嗒”用里侧的牙齿咬开，灵巧地剥着吃了下去。

电影是部纪录片，说的是一个住在纽约名叫艾萨克·麦兹拉西的时装设计师，影片开头是一段黑白影像：一九九四年春季发布会结束的第二天早晨，设计师站在纽约街角翻看报纸上有关时装秀的评论。文章里这样写着：“这场秀看似成功实则一败涂地。此语也是对其时装设计的一个总结。不仅风格杂乱无章，就连一贯出挑的配色与选料也都徒有其表。而那些晚礼服更是毫无姿色可言。”设计师叠起报纸，静静地迈开了步子。“发布会第二天心情真是糟透了。早上死活都不想起床。为了发布会的事明明累得要死，可就是睡不着……”他嘴里这样嘀咕着。

看着这部电影，我忽然就悟到了“拉格斐”这个名字的由来。我的工作是在一家卖沐浴用品和香水的公司做宣传兼销售，所以经常会翻看一些女性杂志，对时尚界多多少少也算有点了解。没记错的话，芬迪和香奈儿的设计师里确实有个叫卡尔·拉格斐的人。此人还有个外号，人称“时尚界的老佛爷”，或许宇田川夫妇给他们的宠物猴取名时，用的正是他的名字。

这段时间宇田川夫妇因各自的缘由离开了这个家。瑞穗姐是我大学时的学姐，她托我帮忙照看宠物猴的时候，我心想反正离我住的地方走路也就三分钟，何况平日里或多或少也受过他们的恩惠，所以一口答应下来，可万万没想到居然要拖上这么久。准确算来，从今天倒推，和博哥离开家应该是在十三天前，那五天后瑞穗姐也搬了出去。个中缘由我也不是很清楚。不过，两个人目前身在何处我还是知道的。和博哥住在品川的一家商务酒店，瑞穗姐借住在一个飞国际航线的空姐，也是她高中时代就认识的朋友家里，只要我想联系，随时都能联络上两人。

在等近藤前辈去六本木店送新产品海报的那会儿，我一边漫无目的地数着广场上的鸽子和那些坐在长椅上或喷泉边无所事事地消磨这个明媚午后的人，琢磨双方到底哪一边数量更多，一边抽着每日三支烟中的一支。

我把目光转向广场中央，一个显然还是“公园菜鸟”的中年阿姨，拿着一塑料袋大概是从小卖部买来的鸽食，正被近百只凶猛狰狞的鸽子围在中间，面无人色地呆立在那里。就老阿姨来说，估计是盘算好了要优雅地朝着围聚到脚边的鸽群抛洒饲料来着，只可惜日比谷公园的鸽子们可不曾被调教得那般优雅。一时间，广场中央竖起了一座人形、鸽纹的雕塑。没过几秒，老阿姨就一声惨号，把塑料袋狠狠掷到地上，逃出了喷泉广场。老阿姨的身影刚一消失，迅即就有乌鸦低掠着飞了过来。那群鸽子，便在区区一只乌鸦的威吓下，不情不愿地把觅食地让了出来。

广场另一头，远远就瞧见近藤前辈提着好几只纸袋朝这边走过来。他似乎还想挑战一下，走路的时候头一直埋得很低。听近藤前辈说，不管他尝试多少次，就是体会不到那种远近倒错带来的迷幻眩晕的感觉。

他花了很长时间龟速穿过广场走到我面前，把纸袋往长椅边一放，然后伸出手掌示意：别跟我说话。接着，照我教的，松一松领带，再把眼睛闭上几秒，然后猛地抬起头凝望半空。广场上那群鸽子，被日比谷大道那边传来的喇叭声吓得一齐舞向了空中。

因为近藤前辈好半天都不见有反应，我忍不住插问了一句“怎么样”，可他面对我的追问，还是神色肃然地凝视着帝国饭店的方向，又过了好大会儿工夫，才心有不甘地摇了摇头："不成不成。不管试多少回就是体会不到你小子说的那种快感。"

"我可没说是什么快感。我说的是头会晕晕乎乎。"

"好好好，晕晕乎乎对吧？可我就连这种感觉都没有啊！"

下个月就要满三十五岁的近藤前辈，和两年前离婚的前妻之间，有一个眼看今年就要上幼儿园的、起了"春子"这么个老派名字的独生女。据说前辈只被允许两个星期探望女儿一次。我有一回在新宿高岛屋卖食品的地方，恰好撞见前辈手里牵着春子。"这个……这个就是我女儿。"前辈有些不好意思地介绍道。"人家是个人好不好，怎么可以用'这个'嘛！"一旁的春子不满地嘟起了小嘴。

近藤前辈按理说是我不太擅长相处的类型。但话说回来，跟他在一块儿，不经意也会发现自己的肩膀不再绷得那么紧，整个人都松弛了下来。我不太擅长和前辈相处的原因，主要还是归结于他身上比较轻佻的一面，会说些"看着你小子，就像在看年轻时候的自己"

之类的话，毫无顾虑地把别人和他自己同化，还会面不改色心不跳地蹦出什么“假如有一天你被开了，你放心我肯定罩着你”之类叫人难以置信的空话。但也因为完全相同的理由，我对前辈颇有些好感。这世上真的会有人因为一模一样的理由对另一个人既不擅长相处又心生好感吗？记得有一次，跟瑞穗姐一起看法国舞剧导演莫里斯·贝嘉的电影，瑞穗姐先铺垫了一句“你可别想歪哦”，接着说，“我这人，每次看到芭蕾舞演员的身体，也说不清为什么，就是会联想到奥斯威辛集中营。”虽然那时候我也觉得把这两样东西比在一起实在有些不合适，可如果说人体这东西随时随地都保有永恒的崇高的话，那或许在两种极端情境下也未尝不可能释放出同样的光辉。

“前辈，您看过芭蕾吗？”

近藤前辈正用视线使劲追赶那些穿过喷泉广场的年轻的白领女孩，嘴里还嘟哝着“我敢打赌那种女人睡过的被子肯定会散发出一股鲜花的香味”，难得他竟能发酵出如此浪漫的春梦。经我一问，他整张脸都皱了起来：“芭蕾啊……我那离了婚的老婆，前阵子刚跟我说想让小春学芭蕾。”

“是吗？要让春子当芭蕾舞演员？听上去不错啊。”

“你小子真这么想？说起来，跳芭蕾的女人，确实都有那么点儿酷酷的。就好像在说：姐才不需要什么男人呢。要是我们家小春也能变成那样倒也不错。可你看她妈那德性，有时候阴阳怪气得吓死人。说到底，还不是她自己没底气，所以男人换了一个又一个，说白了就是在用男人的数量掂量她自己的价值。可问题的关键不是被多少人爱，而是被什么人爱不是吗……当然啦，被我这样的人爱也没什么了不起。总之一句话，我就是不希望我们家小春也变成她妈那样。听她妈说，像英国皇家芭蕾舞团那种地方不但要看考生本人，还要看父母和祖父母的体型。据说是为了检验体质，看将来会不会发胖，也亏他们能查那么细。我自从退了健身俱乐部，这肚子眼看着一天比一天凸出来了……”

面前的喷泉突然高高升了起来。刚好一股春风从广场一头拂到另一头，飞溅的水珠打湿了周围一片。

日比谷香缇店的会议从下午三点半开始。除了银座春天百货和数寄屋桥阪急百货的店长，总公司也会派销售部长过来，大家要商量着决定怎么处理去年年底推出的薰衣草泡浴剂还剩的一大堆库存。

“说起我们家小春，前段时间那丫头居然一脸认真地问我：‘爸爸的工作应该是很酷的吧？’”

我们俩正走在从喷泉广场通往心字湖的银杏路上，近藤前辈忽然没头没脑冒出这么一句。“那您怎么回答的？”我问。他一脸心虚地说：“这个嘛，肯定是告诉她‘当然很酷啦’。”

“春子应该很开心吧？那不就可以了吗？”

“没想到你小子也这么敷衍。”

第一花坛入口那儿的樱花树蓓蕾初染，微微绽开了少许。一对拿着徕卡相机的老夫妇在树下踮着脚尖伸长了脖子想要看看微放的花苞。大概是鞋子尺码太大，老妇人的脚后跟从鞋里滑了出来，圆鼓鼓的脚跟上贴着一张创可贴。

“这么说自家卖的东西虽然不太好，但你小子说句良心话，你会想要泡一缸看着就跟橙汁差不多的浴汤吗？”

肩膀被前辈轻推了一下，我回身反问：“橙汁？”那对老夫妇的手指尖，好像触到了樱花的花苞。

“你想想，我们这回新推的泡浴剂，不就是这个样子吗？”

“那可不是什么橙汁，是添加了橘皮果油……”

“我知道！可是你想想看，早上想喝橙汁的时候，就因为这东西，结果感觉自己像在喝洗澡水……”

我和近藤前辈肩并着肩，走在心字湖岸边。我不经意地抬起头，朝那道低矮的堤岸看过去，上面排着好几张长椅，其中坐着一个百无聊赖地吐着烟圈、看样子像是做销售的中年男人。他旁边有一个很有些眼熟的女人。那一瞬间，其实我的视线已经行进到了更前方的大树那儿，可我当即就“啊！”了一声，重新把视线硬拉回先前的地方。我毫无征兆地站定在了原地，近藤前辈的肩膀撞上了我的肩：“哎哟！你小子干吗哪?!”他推了我一把，我顺势朝心字湖的堤岸飞奔而去。

“你、你去哪儿?!”

身后传来近藤前辈的呼喊，“麻烦等我一会儿！”我也冲他回喊了一句，便朝派出所后面通上堤岸的石阶跑去。

在居高临下俯望心字湖的堤岸的长椅上，那个一手拿着星巴克咖啡，一手压着被春风搅乱的发丝的女人，果然就是那天在地铁日比谷线上，我神思迷乱一不小心搭了话的人。我飞跑着冲上石阶，那女人正回过头看着我。看这样子，她大概看到了我刚才从对岸一路沿湖飞奔到这里的全过程。真是同一个人？我慢慢靠近，仔细验看她的侧脸，“你好啊。”那女人先跟我打起了招呼。奇妙的是，直到她跟我打招呼的这一刻，我居然连自己为什么要一路跑过来都完全没有考虑过。就是惊觉“啊！是那天那个女人！”，也没多想便跑了过来。在女人目不转睛的注目礼中，我费尽心思在脑海里翻找着跑过来的理由，女人再次展露笑颜：“你好！”

“您好。”我也跟着打了个招呼，然后郑重地鞠了一躬。

“你从哪个口出来的？”

“哪个口？”

“问你地铁站的出口呢！”

“哦，那个啊。我是日比谷公园口。”

“原来是那儿。我都从三井大厦的地下过来。没办法，每次都要买一杯这个。”

女人说着举了举星巴克的纸杯。她握纸杯的手指很是修长，不知道是不是抹了透明的指甲油，看上去有点湿湿的。女人并不年轻。不过和地铁里碰到的那会儿相比，还是这一刻沐浴在春日暖阳中的脸颊，更加饱满也更加润泽。我原先一直觉得她比近藤前辈年纪大，但现在看，搞不好刚三十出头。

“那个……”从刚才到现在我一直被女人的话锋压着，这时终于狠一狠心，插了一句，“那个，我总觉得刚才有什么话忘说了，所以就跑了过来……”

“刚才？你是要道谢？”

“道谢？”

“就是我假装认识你帮你解围，所以你要谢谢我啊。要是我一直不说话，你不就很难为情了嘛，就像一只气球快要飘起来了不是？”

“哦，那件事啊，说的也是。不过，我不是来道谢的……”

“那，你要说什么？”

视线前方心字湖墨绿的湖面上，几只水鸟划出的好几道波纹正一圈一圈荡漾开去。水鸟们时不时把头钻到水里，剧烈颤动着身体，舒展羽翼。

“你平时，就喜欢坐在那边那张长椅上，没错吧？”

女人伸出手，指着湖对岸。在一棵枝条外展的黑松下面，确实就是那张我一个人来的时候每次都要坐的长椅。

“不光这样，万一那椅子有人先坐了，你就会存心找那人麻烦，故意在人家面前走来走去。对了有一次，你还在一对占了椅子的情侣面前，故意拿出手机打电话，没冤枉你吧？你嗓门特别大地讲了大概三四分钟，那对情侣一脸受不了的表情站起来时，你那张小人得志的脸，我到现在都忘不掉呢。”

我听着那女人自顾自说啊说，对她不同寻常的声音听入了迷。其魅力不在音质，而在音域。

女人手上捏着一块手帕，丝巾一样轻薄的面料上，描画着红艳艳的玫瑰。周围隐隐约约飘散起一股她正在喝的咖啡的香气。

“这公园里面，有两个人一直让我特别在意。其中一个就是你。我这样说可能有点不礼貌，也不知道为什么，就是觉得看多久都看不厌。”

“看不厌……？可我就坐在椅子上，什么也没干啊。”

“话是这么说没错……”

女人一直两眼直勾勾地盯着我，我忍不住把视线转向了霞关那一带的政府办公楼，然后对着半空提问说：“那另一个人是？”

“另一个是在喷泉广场那边隔三岔五看到的老伯。

六十多了吧，每次都拿着一个小气球一样的东西想让它飞起来……”

“啊！那人我也见过。”

“真的？”

“嗯。他那是在干吗？”

“我也不是很清楚，不过看样子是想把那个小气球笔直放到天上去。你想呀，一般气球都会被风吹偏，或者升上去的时候不停打转对吧？他好像是在改良，不想让气球变成那样。至于为什么要那样做，我就不知道了。”

“这些事，您是从他本人那里听来的？”

“没有，我也是凑巧碰到那老伯刚好坐在我旁边的椅子上打电话，所以偷偷听来的。跟他讲话的应该是他老婆，他一边保证会在晚饭前赶回去，一边说什么速度怎么怎么样，重量又怎么怎么样……”

直到这时我还是没想明白，自己跑来这里究竟是为了什么。我再次把视线转向心字湖，望着湖面。女人问：“从这里看下面的湖，还真有点像一个‘心’字，你觉得吗？”被她这么一说，倒也不能说不像。我对着面前的湖，想象着描画了一个“心”字。刚刚自己到底忘说了什么，虽然这一刻我还不能百分百确定，但脑海里多少浮现出一些模糊不清的想法，搞不好就是这个。尽管要郑重其事地说出来连我自己都觉得不好意思，但我还是鼓足勇气：“那个……我刚才，一点都没有不尊重的意思。”面对我没头没脑的话，女人用手按住被风吹乱的头发，不解地歪过了头。

“我是想说……该怎么说好呢……对那些提供器官的人，我一点都没有不尊重他们的意思。虽然我是觉得‘人死之后你的意愿依然可以继续活着，这种话怪瘆人的’，但那不过是……”

她紧盯着我的眼睛注视了片刻，然后笑了出来：“难道你就是为了跟我讲这些，才特意从那边一路跑过来的？”

我感觉到背后有视线射来，转头望去，近藤前辈正站在石阶的半道上伸长脖子朝这边张望。因为开会要迟到了，我道了声“再见”，又鞠了一躬便离开了。在朝近藤前辈站的地方走过去时，身后传来女人带笑的话语：“搞什么嘛，我也没有不尊重人的意思好不好！”我故意没有回头。近藤前辈神色有些不悦地数落我：“你小子搞什么鬼?!”说话间，他似乎能越过我的肩膀看到那个女人，而他的目光直到最后都没有从她身上移开。

那之后的两天，星巴克女都没有在心字湖的长椅上现身。

在跑去香缇店之前，先到日比谷公园吃个晚午餐也算是我每天的“日课”，所以倒也不是特意候她，只不过在坐惯了的长椅上，啃着加了生火腿的俱乐部三明治时，每次回过神，目光都已经不由自主地转向了堤岸上的长椅。把这个地铁日比谷线上结识的女人命名为“星巴克女”的，正是近藤前辈。自从那天过后，每次打照面，他都要拉着我刨根问底，什么“你跟那女人怎么样了”，“你在地铁里都跟人家说了什么”等等。不管我跟他否认多少次“不是您想的那样”，他一概都像没带耳朵，也不知道从什么时候开始，忽然就从“那女人”变成了“喝星巴克的女人”，最后落定在“星巴克女”上。据近藤前辈说，就种类来看，那女人那天喝的应该是摩卡。他提醒我：“人家手里的纸杯上不是用油性笔写了个‘M’吗？那就代表摩卡。”我叹服道：“前辈眼力真好，还能注意到那么细的地方。”结果他竟得意起来：“我这视力可不是盖的！来来来，我给你念念对面架子上贴的海报：‘丰盈泡沫源自鲜果，润泽肌肤轻柔洗净’，‘芒果配蜜桃，水水蜜蜜’，‘薰衣草泡浴剂的功效’……”前辈一念起来没完没了，直到我“够了够了”打断他为止。

从长椅前面一晃而过的人手里，握了一只星巴克的纸杯，我赶忙用目光追了上去，可惜握杯的是个白皮肤的外国中年男子。在公园长椅上发呆发久了，就会醒悟到所谓风景其实只有在人意识到自己在看的时候，才会真的看到眼睛里去。漾着水纹的湖面，长着苔藓的石墙，树木，花朵，飞机云，所有这一切全部进入到视野里的状态，其实我们什么都没有看到，只有当我们意识到自己看到了其中某一样东西，就比如浮游在湖面上的水鸟，只有那时，那只从周围这一切景物里剥离出来的水鸟，才会真的成为一只水鸟出现在我们眼中。那如果要问我们什么都没看到，或说所有这一切都进入视野的时候，我们实际上又在看些什么，我姑且举个例子，就比如刚才那只从我面前一闪而过的星巴克咖啡杯，那杯子的残影投射到我眼睛里后，一点点放大的，是读书时一个人去纽约旅行那会儿，我生平走进的第一家星巴克连锁店，鼻子底下还弥漫起了烘焙咖啡豆浓烈的香气和肉桂的芳香。点单柜台里站了一个黑人青年，体格魁梧得就像重量级拳击手。他死盯着我的眼睛，语速极快还接二连三地对我发问，而他嘴里吐出的那些单词我愣是一个都没听懂。黑人青年不耐烦地敲打着柜台，粗壮的手指上套了好几个银指环。我也没想出别的办法，只好一概回答YES，他一脸鄙夷地把单子传给了后台。过了一会儿，我接过递到柜台上的纸杯，逃也似地溜出店堂，来到露天座席。我在座椅上坐稳，长长地舒出一口气，在纽约市区东游西逛后的疲惫猛然间就冒出了头。我蜷缩起身体，用手指揉按小腿肚，一股舒心的疼痛引得整条腿一阵阵发麻。眼前的林荫道已经被枯叶埋尽，远处一个头发花白的老妇人正牵着一条黑亮的杜宾犬朝这边走过来。她仪态万方从容优雅，我不觉看入了迷。蓦然间，我心底忽就升出了一股疑念：这迎面而来的老妇人搞不好其实是个男人……怪只怪华盛顿广场公园那边传来的次中音萨克斯风，偏偏在那个时候奏起了英国歌手斯汀的那曲《英国人在纽约》，这首歌的MTV里出场的老妇人，其实就是个男人，是一个名叫昆廷·克里斯普的英国作家，我想起告诉我这些的是高中时的同学光。直到现在，每次回老家，我都必定会跟光联系。有时候就我们两个单约，有时候也会叫上其他一些朋友小聚。记得应该是在十六岁那年的春天，加入了篮球社的我，在体育馆里对体操社的光一见钟情。那年夏天，我鼓足勇气向光表白，可却被拒绝说她实在没有办法把我当成恋爱对象。理由是“你跟我弟长得也太像了”，就这样我的告白被扔进了垃圾箱。可尽管如此，我还是有，但仅有一次吻了光。不是和光接吻，而是……亲吻了她。那是高中毕业两年后的夏天，一群老同学久违地聚到一起，去海滨浴场游泳顺带兜风，我们在黎明前开到了海边，于是决定在车里小睡片刻。那时我和光坐在旅行车最后一排。朋友们嚷嚷着要给蚊子喂大餐了，为些无关紧要的小事嬉笑闹骂，没多久他们的声音一个、又一个消停了，等我注意到时，只剩下我一个人听着大家沉睡的呼吸。身边的光也睡了过去。她双唇微启进入梦乡的脸庞，浸沐在月光下泛着些微的青白。海浪声就在很近的地方。我把汗湿的脊背从座椅靠背上硬剥下来，屏住呼吸，动作轻缓地翻覆到光的上面，尽一切可能不让身体接触到她，我遵循着做俯卧撑的要领，把身体支撑在逼近极限的位置，然后用自己的嘴唇，靠近光的嘴唇。尽管没有真的触碰，但我足以感知那嘴唇必定柔软无比。我那姿势究竟保持了多久？等清醒过来时，我已经紧紧抱住了光。因为抱得太紧，我看不到她的脸，但我知道光已经醒来。我无法确定当时我的嘴唇按在了光脸上的哪个部位，只是觉得按压了相当长的一段时间。前排很近的座位上不知是谁翻了个身，我手忙脚乱地离身而去。光一言不发，只是一脸歉疚，久久凝望着我。此时此刻想起那个夜晚，在那样一种嘴唇将触未触的姿势下，支撑身体的二头肌猛烈跳抖的感觉依然留存在体内。可能就因为自己坐在星巴克的露天席上思绪渺茫地揉搓着上臂，目光也被林荫道上杜宾犬和老妇人不断远去的身影劫掠了过去，我完全没有留意到身后的店堂已经一片哗然。我转过身，把所有神经都集中到耳朵上，努力去听那个黑人店员和一个戴无框眼镜的女客之间的对话，听内容好像是我拿错了杯，把女客点的不知是脱脂还是低脂的加奶咖啡先一步拿走了。站在我的立场，我可是对着劈头盖脸的问题统统回答了 YES，付完钱之后既然有饮品送上柜台，我当然会以为那是自己点的饮料。不过，看那女客的架势像是要把店里每个人的纸杯从头到尾筛查一遍。我吓得赶紧拿起杯子，准备从露天座席落荒而逃，就在那一刹那，我放松了视野的对焦，心字湖的石塔倏一下压到了眼前。一个年轻的上班族从长椅前走过，飞快地瞟了我一眼。在那些路过的人眼里，当我坐在这张长椅上暗自追忆着纽约星巴克店里的经历，或者描摹着好几年前在车里偷吻光的情景时，我看上去又像在凝望什么呢？我的样子是不是真的像在观察视线前方的湖面或者石塔？像这样从恍然迷思的状态返回到现实里时，我偶尔会蹿起一股如同战栗一般的感觉。总觉得先前自己看到的，像回忆，又像幻想，带着一丝暧昧，也可称之为极度私密的场景，似乎已经被那些路过的人窥视了去。

我用皮鞋的鞋尖把散落在脚边的烟灰聚到一处，然后又一脚踢散。我抬起头，那女人出现在了堤岸边的长椅上。对方大概也一直在看这边，我目光一投过去，她便从椅子上半抬起腰举了举手。她两只手上拿着双份的星巴克纸杯。看样子，应该连我的份也一并买好了。

我朝堤岸上走去，脚步轻快得连自己都觉得不可思议。女人已经空出半边长椅等我过来。她铺展在腿上的手帕上放着皮塔三明治和刚咬过一口的肉桂卷。

“午饭吃过了？”

她一边问我，一边咚咚敲两下长椅，示意我坐过去。在地铁上第一次说话时也是这样，她讲话的方式总给人一种感觉，似乎能哗啦一下拉近彼此的距离。不是被人蛮不讲理地生拉硬拽过去，而是她自己轻灵一跃，蹦到你面前的那种拉近。我和她明明只是素不相识的路人，可她自然而然地问出“午饭吃过了”这句话时的口吻，带给我的那份亲近简直就好像她已经拿到了我房间的备用钥匙。

“您这是……在吃什么？”

我不过是想避免冷场随口问了一句，她脸上却浮现出一抹“你这问题真够无聊”的表情，于是我赶紧补了一句：“这东西，应该叫皮塔三明治吧？我读书的时候在代官山那边一家卖这个的餐厅打过工。”那一瞬，我注意到她的嘴唇比我认为的厚。或许是口红的颜色和上次见到时不太一样，那片看上去分外柔软的下嘴唇上，粘上了砂糖。

“其实在店里吃也没什么不好，不过你也知道那里不给抽烟。而且坦白讲，我不是很喜欢星巴克。你喜欢吗？”

这一点倒让我有些意外。她用手指弹敲着肉桂卷，抖掉粘在上面的糖粒。

“是因为不能抽烟所以不喜欢那里？”

“不是那意思，要怎么解释好呢，只要待在那店里，我就会觉得很多个我在不停地聚到店里来。”

“啊？”

“这样说有点怪是吧？我的意思是，坐在那店里喝咖啡的时候，不是会有很多女客人进来吗？在我看来，那些人全部都是我自己。也算是一种自厌自弃吧。”

“全部都是您自己？”

“嗯，要怎么讲才好呢，或者可以说我们全都是知道了星巴克味道的女人。”

“知道了星巴克味道的？”

“你想啊，我们平时不是经常会这样说吗：什么不生孩子不知道，没死过父母不知道，没在国外住过不知道，就跟这差不多。虽然也没做什么特别的事，但不知不觉，就变成了一个知道了那里的咖啡味道的女人了。”

从刚才到现在，我一直在注意那只好几次被她拿到嘴边，结果又离她而去的肉桂卷。她把一杯咖啡递到我面前，我掏出钱包想给她钱。最开始她难以置信似的看着我，接着又换上了一副意味深长的表情：“你这人，很有女人缘吧？”

湖对岸，只有那张我刚刚坐过的长椅，空空如也无人光顾。从近旁走过的人，看也不看它一眼。

“您就在这附近上班？”

沉默已经持续了一会儿，我觉得再这样下去气氛难免尴尬所以随口问道，可没想到她竟摆出一张诧异得不得了的表情，双目圆睁死死瞪着我的脸，然后神色险峻地问：“你真想知道？”

“呃，那个，不是的……”

我因为她凝重的神情而紧张地答不出话，但下一秒她却幡然一变，展颜而笑：“哈哈，逗你的。不好意思。真看不出来你居然也是那种受不了不说话的人。我从这边看你坐在那里的时候，还以为你可以十个小时都不跟身边的人开口呢。”

“基本礼貌还是要讲的吧。”

“你说得没错，我就在这附近上班。天气好的时候基本都会到这公园里来吃午饭。”

换作平时，接下去都会问“那您做什么工作”，而我故意把这问题咽了回去。

“对了，我每次看你都觉得挺厉害，你这衬衫和领带搭配得很可以嘛！”

女人吃完了肉桂卷，正在用纸巾擦拭嘴唇。其实我身上每一身行头都是拜托在时装公司做公关的瑞穗姐，让她从头到脚帮我全部搭买好，不过难得被人夸赞，我也就顺势低了低头：“是吗？谢谢夸奖。”我看了眼手表，时间已经转过两点半。今天约好三点在日比谷香缇店碰头，那之前还得往公司打个电话。“差不多得回去干活了。”我谢过那杯咖啡，从长椅上站了起来。“下次什么时候来啊？”她问。我苦笑着答：“每天都来。”她已经开始撕扯皮塔三明治外侧的塑料袋。

“啊，对了，有个问题想问问您……”

我本来已经朝着石阶迈开了步子，但又止住了脚步。回转身时，她正好一口咬在皮塔三明治上。

“记得上回，您说我让您特别在意？那到底是什么意思？……那个，我也就问问，没别的意思……”

“实话实说啊，真没什么特别的原因。也不知道为什么，就是很在意罢了。怎么了？”

“没、没什么。怎么说呢，就是想知道，我自己一个人，坐在椅子上的时候，看上去像在看什么……”

“啊？”

“嗯，那个，我不是一直都坐在那边那张椅子上吗？我就是想知道，从这边看过去，别人会觉得我是在看什么东西……”

她嘴上叼着皮塔三明治，歪过了头。眼下也没时间细说，我丢下一句“不是什么大问题，就当我没问吧”，突然就感到一阵难为情，快速冲下了石阶。就在我刚跨下一级石阶的时候，耳边听到她在喊："你等等！"紧接着背后传来一句："别担心，你在看的不管是什么，从我这个角度都看不到啦！"我一下没把持住，在石阶上一脚踩空，赶忙抓住旁边的一块大石头。我好容易稳住身子，重又回转身望过去，但这时已经下了六七级台阶，不再能看到堤岸上那女人的身影。

宇田川夫妇家的客厅里，北侧一整面墙固定着一大排书架，对于每天只能外出放风一次的拉格斐来说，可是绝好的游乐场。我冲完澡，漫不经心地从那排书架上抽出列奥纳多·达·芬奇的《人体解剖图》翻看起来，响了好一段时间的电话铃总算切换成了语音留言。可能是因为房子太大，这屋里的电话切换到留言之前足足要响二十次。来电话的是瑞穗姐的母亲："喂喂，和博你在吗？妈也知道妈都打了好几次了，你听妈说，就当帮妈一个忙，去把我们家瑞穗接回来好不好？只要和博你低个头道个歉，我相信那孩子肯定会跟你回来的。我们家这孩子呀，任性归任性，人还是很单纯的……”

我拿着《人体解剖图》朝卧室走去。大概还没玩够，拉格斐一见我离开，便跟在身后紧追上来。看样子，瑞穗姐的母亲应该以为和博哥还住在这里。虽然也明白做父母的一片苦心：自家这个任性又单纯的女儿年过三十好歹总算是处理了出去，所以这次不管想什么办法都要拯救女儿走出这场婚姻危机。但在我看来那两人的关系，只怕不是和博哥低个头道个歉，就能重修旧好这么简单的。从他们结婚的时候起，我就一路看着他们走到现在，总觉得两夫妻之间并没有什么可以称之为问题的问题。如果一定要说有，这本身大概就是个问题。他们这一对可以算是典型的新时代夫妇，独立自主，各自为营。有一次，瑞穗姐还跟我说：“跟和博过日子过久了，越来越觉得自己是个不够大气的女人，但往深里想，我无非就是想找个比他更好的。不是说我不喜欢和博，我是很喜欢他，但就是……”那时我并不是很懂她的意思，所以就回道：“大家不都这样吗？没什么大气不大气的。”

不用说，和博哥也有他的一套说辞。他为人寡言少语，平时几乎从来不提这些事，但有一次我和他一起带拉格斐去驹泽公园，回来路上他突然主动对我说了这样一段话："你想想，有时候瑞穗会在客厅里看电视吧，那种时候怎么说呢，也算是为她着想，我会担心两个人一天到晚腻在一起讲不定憋得慌，所以就特意跑到卧室去看书。然后，瑞穗到卧室来了，我又想我看书太亮，她大概会睡不着，所以就又跑到客厅去。我一点都没有不想跟她在一起的意思。就是因为想跟她在一起，所以才会从这个房间到那个房间跑来跑去嘛。"

客厅那边"哔——哔——"传来两声电话的提示音。看这架势，瑞穗姐的母亲大概录满了整整三分钟的留言。我躺倒在卧室的双人床上翻看那本《人体解剖图》，拉格斐把我刚才给它的瓜子鼓鼓囊囊地塞进了颊囊，然后从我肩膀纵身跳到头顶，又从头顶跃降到书本上。被它这样反反复复折腾几次后，我渐渐开始不耐烦起来，一把将它推下床去。本来是想偶尔也要给它做做规矩，但在拉格斐看来，这似乎只是一种从来没玩过的新游戏而已。

在达·芬奇的《人体解剖图》里，有一张素描画的是男女性交时身体正中的横截面。正在男欢女爱的两个人的身体，被沿着脊骨齐刷刷地截断开来，不过注解题目上却写着"列奥纳多最不精准的解剖学素描之一"。究竟哪里不精准，我玩起了"大家来找碴"，轻而易举就找到了第一处。阴茎和脊椎，居然由尿道连在一起。这样一来精子就成了脊椎造出来的。我心里一边念叨着“难不成”一边移目看去，果然女人身上也有重大失误，子宫和脊椎相连，还有一根细得叫人悬心的管子把子宫和乳房接在一起。一想到名画《蒙娜丽莎》，难不成也是带着这样的概念画成的，原先的感佩也不免消失不见了。

不知是不是因为看的都是些肝脏啊心脏之类西洋怪诞艺术的素描，我突然想吃点重口味的东西，于是走到厨房打开冰箱，里面放着 Lohmeyer[1] 的烟熏三文鱼，虽然并不是自己想要的味道，但我还是把它夹在法棍切片里，洒了点黑胡椒吃起来。

我借着照看拉格斐的名义，天天晚上跑到空无一人的宇田川夫妇家也快两个星期了。和博哥很体谅地关照我“要是不介意就直接住那儿好了”，有了他这句话，我这几天也就恭敬不如从命，一个人独霸了这套两室一厅的大公寓。其实我自己那间小公寓走路不过三分钟，之所以不回去，是因为我妈三天前突然跑来东京，霸占了那边的床。这几年，她逢春遇秋，一算准气候最舒服的

1　ローマイヤ，日本知名肉制品品牌。

时节就往东京跑。其实也没什么要办的事，不过就是挤在儿子租的小破屋里待上十天半个月，看看戏，逛逛美术馆，购购物，早出晚归东游西荡，觉得心情爽畅了再回乡下去。据她本人曰：每半年一次，在儿子家住上一段，整颗心都会重焕青春。倘若我试图拐弯抹角地抱怨一句“烦到我了”，她便会放言威吓：“妈也就是借你的地方住两天，又没要你帮妈做什么事。再说了，总比我跟你爸离婚强吧。”也真服了她了，大老远跑来别人家，到头来却又说“不要你管”，到底讲不讲道理吗?!

也不记得是多久之前，瑞穗姐曾说：“我现在在这里可以安安心心地过日子，大概是因为这生活不是我的，而是和博的。”说不定，我妈体会到的也是同一种感觉。只可惜我没有什么女人可以带回家，虽然对不住留在乡下的老爸，但眼下，实在找不出什么理由拒绝我妈来东京。

星期六早上，带拉格斐去驹泽公园的路上，我在一家卖些古董小物件的杂货店里，看到一对“人体模型”。不是学校生物实验室里的那种大家伙，而是差不多把丽佳娃娃增肥一圈之后的大小，那副门面大开的身躯里，塞满了各种制作精巧的内脏器官。我把拉格斐抱放到肩头，站在路边呆呆地看着橱窗，一个年轻的女店员出现在我身边，介绍说："这是德国制造的玩具模型。"若不是看了那本达·芬奇的《人体解剖图》，我应该也不会停下来看这玩意儿。

"这也卖吗？"

"卖，不过是次品。"

"次品？少一个肝什么的？"

女店员朗声笑起来。她耳垂上的东西不知道算不算耳钉，一个粗粗的像戒指一样的金属圈嵌在耳垂里，中间开了一个圆圆的洞。透过那个洞，可以看到驹泽路上车子堵成了一排。

"肝脏没少，只不过两个都是女的。你看，下面缺个东西对吧？"

被她这么一说我才注意到，两个模型的下半身，确实都光溜溜的。

"多少钱？"

"啊？你要买？"

"你不是说卖吗？"

从她嘴里听到五万日元的价格时，本来就几乎见底的购买欲，这下算是彻底清空了。拉格斐开始拉我耳朵催我"快去公园"，我对她道了声"再见"正准备走，那姑娘悄悄告诉我："你可别跟店长说是我说的，这东西还还价可以砍到三万左右。""三万也太贵啦。"我笑着迈开步子，背后传来了姑娘高喊"拉格斐，拜拜"的声音。

拉格斐有很多老相识。只要沿着驹泽公园的自行车道散步，总会从这里那里传来各种打招呼的声音。拉格斐很喜欢狗，尤其喜欢金毛那一类的大狗，每次在第二球场后面和辛迪碰头时，也不知道是不是我的错觉，小家伙的眼睛总会变得烟雨迷蒙。辛迪的主人姓朝野，是现役的铁人三项运动员，也是我们公司主打商品"牛奶泡浴剂"的忠实用户，她告诉我："训练完之后，在浴缸里倒上一堆泡浴剂浸在里面，自己都能感觉到身体的各个部分慢慢松了下来。"趁着拉格斐和辛迪嘻嘻哈哈耍作一团，我向她推荐了公司新出的鲜果系列。

朝野的皮肤，相对她的年纪来说水嫩水嫩的。有那么些时候，就比如她沐浴在阳光下的时候，会让人忍不住想要用指尖轻轻碰上一碰。看到经常用自己公司产品的女人皮肤如此之美，就连我都莫名地自豪起来。

从公园回来的路上，我又去了一次杂货店。刚才跟我搭话的姑娘不在，我越发提不起兴趣买那对次品模型，不过还是让店主拿出来给我看了一下。模型出乎意料，拿在手上不是一般地沉。那种沉，难以名状、实实在在。我问：“这个，多少钱？”店主回：“定价五万，可以给你打个折。”我把两只模型放回盒子，留下句“下次再来”，走出了店门。

在日比谷公园被那女人请喝咖啡的第二天，算是回礼，我去星巴克买了两杯摩卡带去了公园。已有很久没进过星巴克的大门，前一天那女人说的话大概多少在我心里留了点影子，那些一人一桌坐在时髦的椅子里，有的拿着手机看邮件，有的翻看着时尚杂志，有的读着口袋本书籍的女客人身上，也说不清从哪儿，就是能感受到一种拒人千里的气场。在等我点的摩卡送上柜台的片刻工夫，我站在柜台的角落边观察着这些女人，发现她们身上有一个奇妙的共同点。一般来说一个人跑进咖啡馆，总会优先找个靠窗的座位，然后不知厌倦地看着外面的马路，可她们中却没有一个人，把眼睛对向店堂外面。还不只是不看外面。她们清一色地穿着价格不菲的衣服，搭配很有格调，发型也好化妆也好，还有那些放在桌上的小物件，每一样都很有品位，挑不出任何毛病，可奇怪的是她们中的每一个人周身都散发着一股“不要看我、不要看我”的气息。记得以前，近藤前辈就曾笑着调侃："你有没有觉得，那店里的女人有种高高在上的感觉？以前就有个女的在我旁边说什么'现在日本星巴克也多起来了呢，想我以前在洛杉矶那会儿，可是一家都没有呢'，我那时真想把她那张嘴给撕开。"

我取完摩卡，朝日比谷公园走去。可没想到，俯瞰心字湖的长椅上，那女人已在喝着一杯摩卡。我正纠结于我们两个人却有了三杯咖啡该怎么办的问题时，耳边传来一声："你说，我们去找那人聊聊怎么样？"这句话里的"那人"，就是这个公园里她特别在意的两个人中不是我的那一个，也就是经常在喷泉广场放小气球的老头。"我一直想要跟那老伯聊聊可就是没这勇气，不过我们两个人倒是可以上去搭搭话呢。更何况现在连见面礼都有了。"她说着从椅子上站起来，那劲头好像下一秒就要冲出去。

"找那人聊了又能怎么样？"我问，她却已经走向通往喷泉广场的石阶，还"快点快点"冲我招手。

在延伸到喷泉广场的林荫道上，我跟她说起刚才在星巴克看到的光景和感受到的东西。刚开始她好像没什么兴趣，但经过我近乎偏执的猛力申诉，她到底在小音乐堂后面停下了步子，然后直勾勾地正视我的脸："绝对没有一星半点不可告人的事情！”

“可是，看上去的感觉就像藏着什么不想被人知道的秘密一样。不是说有什么不好的事。因为每个人看起来都气场十足！”

“真的没有一星半点不可告人的事。反过来说，讲不定是在拼了命地掩饰，不想被人看穿自己连一点点可以隐藏的秘密都没有。”

她说完这句，像要重整旗鼓似的换上了更明快的声音：“好了好了，我们快走。不知道那人今天来没来？”说着还在我背上重重推了一把。

遗憾的是，那天喷泉广场上并没有看到放气球的老头。女人说有些工作必须早点回去处理，我和她就在那里道了别。因为还有时间，想着偶尔不妨也在公园里转转，便朝着平时几乎未曾踏足的、靠政府办公楼一侧的草坪广场晃了过去。广场上椅子不多，人影稀疏，翠绿的草坪和沙地上，只有春日的艳阳倾泻而下，看上去总感觉白白浪费了。草坪广场前面，大约有六片被高高的防护网围起的网球场，靠我这边的三片球场上站了一群像是大学社团的人，有的在不停地练习击球，有的围成一圈在听学长指点动作要领。我隔着护网看着他们，上大学那会儿的事明明还不是那么遥远，但眼前却浮现出了自己穿着西装夹在他们中间挥拍的景象，动作节奏总是相差一拍。也不知道是比他们快了一拍，还是慢了一拍。是球飞过来之前就慌慌张张地挥下了拍子，抑或是球早已经飞到了身后……

同样是日比谷公园，不同的地方给人的感觉完全不一样。在网球场后面建的纪念碑“自由之钟”那一带，乌鸦就比鸽子多。不知道是不是因为巨木成荫枝繁叶茂的关系，这里日间也光线昏暗，看不到像喷泉广场那边的长椅上那样，膝头摆着五颜六色饭盒的女白领，每张椅子上躺的都是些裹在毛毯里的流浪汉。我正打算止住呼吸、快步冲过去，忽然一条粉红色的毛毯跃入了我的眼睛。那条印着牡丹图样的细绒化纤毛毯，和我现在自家用的毯子千真万确一模一样。那毯子比看上去的轻，盖在脖子上触感也很舒服。我忽然想看看睡在毯子里的是个什么样的人，便朝椅子那边挪近了几步，却没能看到男人的脸。不过，脚倒是有一小段露在外面，脏到发黑的大脚趾从残破的球鞋里捅了出来。

我一直走到眼皮子底下就能看到祝田大道的健康广场，坐在一张特别长的椅子的一角。我抬起头望了望马路对面综合政府办公楼的窗户，该有好几千人在里面工作，可窗户上却看不到半个人影。

就在我落了座的长椅边，有个穿一件白衬衫挽着袖子的中年男人，正两手平举、单脚上抬，以一种不太寻常的姿势抖抖晃晃地站在那里。我对着他看了没多会儿，他的脚就沾到了地面。男人很没面子地吐出句“这点水平，可就是七十岁了”，还冲我坐的方向给了个苦笑。刚开始我完全不知道怎么回事儿，只能同样报以一个苦笑，紧接着我把目光偏转到男人身旁，看到一块厚厚的塑料板上写着“睁眼单腿站立”，下面还出示了一张折线图，标示着不同年龄的平均时间。再环顾四周，旁边还陈列着“立定跳高”、“立位体前屈”等各式各样的简易检测器材。

“你要不要也试试？”

我正逐一扫视广场上的各种器材，忽就听到男人在跟我搭话。他应该也只是随口一问，并不是真心要劝服我，不过他还是再次举平双手、单脚上抬，比画给我看。“不用了，我就不试了。”我当即摆了摆手，不由自主地从椅子上站起来，走到男人身旁。

“我今年还不到六十，这下好嘛，测出来的数字都已经七十多了。看来几十年都坐办公室到底不行啊！”

男人说完，爽朗地一笑。他的手指正指着那张二十多岁到达顶点的折线图右侧徐缓下滑的角落部分。

“小伙子你还年轻，这点时间应该能坚持下来。”

男人的手指沿图表上的折线倒返回去，指向了顶点。看样子他准备把那块画着足底形状的检测台让出来，我连忙再次回绝：“真不用了，我就不试了。”

“二十多岁能站上近百秒，到七十多就只有区区十五秒了……这部分少了，要是什么别的地方多了，倒也罢了……”

我虽然想对男人的苦笑回应些什么话语，可脑海里就是冒不出合适的词句。男人把袖子拉回原位，对着天空伸了个大大的懒腰，抬了抬手道了声“再见”，便迈着轻快的步子朝霞门的方向走远了。

这段时间，我经常在宇田川夫妇家宽敞的厨房里，自己做些菜。就照着应该是瑞穗姐亲手写的菜谱一步步做，不过那些小纸片上都没有菜名，只写着：①洋葱切丁，生姜磨成泥。②鸡肉糜放入金属盆，加味噌酱搅拌到变黏稠。加入打好的鸡蛋和①，充分拌匀……之类的做法，所以自己在做的到底是什么菜，不做到最后一步完全没概念。这天下午，我单凭着菜谱上的步骤做出的东西，是一种大概可以算中国版稻荷寿司的怪东西，味道倒是不错，就是吃完觉得胃里重得很。

傍晚晚些时候，我回到自家公寓去拿换洗的西服。

我妈似乎依然在四处游逛，窗帘滑轨上挂着好几件花花绿绿的衣裳。也不知道是什么时候添置的，以前一天到晚东倒西歪着调味酱、蛋黄酱、杂志、烟灰缸等杂物的桌子已经被彻底收整了一番，一只看上去身价不菲的花瓶里插着新鲜的百合。花瓶边还放着一张小便笺，写着“近藤 TEL 20：15”。

公司里的近藤前辈从来没往我家打过电话。这么说来，可能是高中同级的那个近藤，可我俩已经有半年左右没联系了，而且如果是她，应该会打我手机才对。虽然心里惦念着这事，但我还是决定先把换洗的西服和衬衫理出来。顺便，把健身房用的 T 恤也塞进了包里。

这几天，因为傍晚插进来的工作拖得太久而没有去成，一般来说我每星期总有三次，必定会在下班后去一下位于市谷的健身房。那地方每个月的会员费要一万五千日元，有点小贵，不过比起做总务的五十岚兄每每在电视购物上看到推荐新型腹肌锻炼器时，都会奋发图强买下一台，效果未出就被他束之高阁，我觉得还是我这样经济实惠得多。

那家健身房，是近藤前辈看不下去自己的啤酒肚拉着我入会的。可后来，前辈却说，一想到上完班还要被人逼着去踩那些“根本不会往前跑的自行车”，还自掏腰包让人使唤去举那些“重家伙”，就觉得气不打一处来，所以他第二个月就退了会。我原先也没什么锻炼身体的欲望，对于没有输赢的运动更是丝毫提不起兴趣，不过在健身房的桑拿间里，我被一个姓桂木的初级健身操课的教练搭了话，听他滔滔不绝说了一通关于健身效应的独创理论，所以决定姑且被他们忽悠一下。他是这样说的：

“锻炼不锻炼到底不一样，锻炼了就可以很明显地感觉到自己的身体一点点在变。您别误会，我可不是什么自恋狂，就比如肱二头肌啦、股四头肌之类的，能感觉到一块一块的肌肉越来越可亲可爱，要怎么形容呢，就是觉得多余的东西被一点点削掉了，好像只留下了那些真的需要的东西……”

自己的肌肉一块一块越来越可亲可爱，这到底是一种什么样的感觉？

那之后，我就开始每周三次执行桂木给我制订的健身方案。桂木说："做腹肌运动，就要把注意力全部集中到腹肌上！"他说的另一些话就有点恶心了：想象一下，血淋淋的腹肌在颤抖、在收缩、在舒张！

除了桂木的肌肉训练，最近半年我还会到泳池去游游泳。刚开始，不过是想在练完肌肉之后放松一下身体随便游游，可每次下到地下泳池，总有个男人必定会跟我打照面，这段时间别说什么放松身体了，我跟那男人之间相互燃起了一股对决的情绪，他游一百米我也要游一百米，他秀蝶泳，我就展示最拿手的仰泳，结果耗的体力比练肌肉还多。那男人估摸着跟近藤前辈年纪相仿，长的胸毛跟头熊似的，我游累了"哈哈"地动着肩膀大喘气的时候，也不知道是不是我想多了，总觉得他故意"哼"了一声，在用鼻尖蔑笑我。所以不管怎么累，只要那男人从对面朝我这边游过来，我就会不服输地从这边朝对面游过去，在泳池中间擦身而过时，我和他都会在水底下，透过泳镜怒目相视。健身房地下这座二十五米的泳池，总共也就三条泳道，当我和那男人开始我们俩之间的静悄悄的对决时，其他会员就会战战兢兢地挪动到最靠边的泳道去。于是场面就会演变成：一条泳道归我，一条泳道归胸毛男，第三条泳道上挤着五六个人撞来撞去地在游泳。

我收拾好西服和衬衫后，瞄了一眼冰箱，里面有盒牛奶应该是我妈买的，于是便放进一大堆蛋白粉喝起来。

在回宇田川夫妇的公寓前，我往近藤前辈的手机拨了个电话。这天似乎刚好是前辈隔两周跟春子碰头的日子，他说："我刚把丫头送去前妻的父母家，现在正要回我自己那儿。""昨天，您有没有往我家打过电话？"我问。"你说我？打它干吗?!"他冷淡答道。

"没打啊。那看来，果然还是我那个跟您同姓的朋友。"

我说着就准备挂电话，却被前辈拦住了："等等，先别挂嘛。你就为这事儿？"听起来环七公路好像堵得很夸张。

"就因为你小子特稀罕地在不上班的日子给我来什么电话，我还在猜该不会要找我商量什么事吧，害我紧张了好一会儿。"

"我真没什么要找您商量的。"

"没事就好，没有最好了。"

"话说回来，前辈您紧张什么哪？您觉得我会找您商量什么事？说得我怪好奇的。”

“这个嘛，不外乎就是……我还以为你会说工作不想干了之类的。”

“我？不想干了？为什么？”

“你要问我为什么……”

“难道我看上去有那意思？”

“不不不，你看上去倒是没什么……”

看来，对休息日从来不给公司前辈打电话的这么一类人，近藤前辈和我应该有截然不同的理解。

从我租的房子去宇田川夫妇家的公寓，要走驹泽公园西边硬式棒球场的后面过，行走轨迹恰好是从三垒逆反着走到一垒。要是像最近这样刚好碰上樱花季，就可以饱览那些静穆的夜樱，不过晚上一个人走在外面到底不安全，所以我还是嘱咐我妈尽量从车站打车回去。

在回宇田川夫妇家的路上，我又联络了一下高中同级的那个近藤。一些樱花花瓣越过公园栅栏，也飘落到了这边的人行道上。拉格斐极端讨厌樱花。对于那一片片飘落而来的花瓣，小家伙总会像驱赶纠缠不休的苍蝇一样追过去打散它们。呼叫音持续了很长一会儿，好不容易终于接了电话的近藤，开口第一句就说："昨天，我见到小光了，她说要结婚！"不自觉地，我的脚停了下来。我知道这一年光跟一个小学老师处得还不错，可就在两个月前打电话的时候，她本人还说："要谈婚论嫁好像又有点那个……"

"跟、跟谁？"

我的声音回荡在黑漆漆的夜路上。围墙另一边一只狗在狂吠，我赶紧快步走起来。近藤反问："你还不知道？"声音里似乎带着几分怜悯。

"我也就听说那人在小学里当老师，不过，具体的就不知道了……对了，你俩一月份的时候不是在这边碰过头吗？那时候，小光她，难道什么都没说？"

我恍然回过神时，双脚又一次停了下来，整个人无力地瘫靠在电线杆上。也不知道是不是这副样子看上去像在解手，一辆自行车由远及近经过时，画了道弧线避开了我。我看了看主干道那边，巡路的警员已经停下自行车，正远远盯视着这个方向。万一被揪住盘查可麻烦得很，所以赶紧问她："我现在在外面，一会儿再打给你。有什么急着要说的吗？""啊，有有有。其实我，上个月，第二个孩子出生了。一直想跟你汇报来着。"我一下子没稳住，脱口问了声“什么？”问出这句话的瞬间，其实心里并没有忘记近藤三年前第一胎生下来就夭折的事，只是猛然间又想起，她语声平静地道出的“第二个”这几个字重重地回响在我心底。

“上次打电话的时候，怎么没听你说？”

“那都半年多之前了吧？我也是……那之后才发现的。”

是男孩，还是，又是个女孩？我倒是很想问她，可这个问题怎么都变不成声音。首先，这孩子到底身体健不健康，不弄清楚这一点，什么“恭喜恭喜，太好了”之类的话，就算想说也说不出口。

“有六斤四两呢，这次是个男孩子……我也想早点跟你说来着……早点告诉你，让你送一份比谁都贵的贺礼给我……可就是害怕，万一把怀上的事说给别人听，搞不好又会……”

我听着近藤的说话声，直觉告诉我第二个孩子千真万确在顺顺利利地成长。近藤似乎含着眼泪，我对她说：“恭喜恭喜！当然要送！一定给你送一份最贵最贵的贺礼！”

第一个孩子夭亡之后，近藤很长一段时间都住在医院里。不是身体的问题，而是精神恢复不了。我请了带薪假特意去看她，可她却什么都不愿说，我也只能默不作声地坐在病床边。据说她丈夫天天都来探望，就是那个星期有个会议无论如何一定要参加，所以出差去了首尔。

近藤终于开始一个词、一个词地吐出些声音的时候，已经是护士把她那份一筷子都没动过的晚餐收走以后的事，窗外铺展开了一片浓墨重彩的晚霞。近藤很淡很淡地笑了笑："不都说小孩子在肚子里的时候，当妈的就疼爱得不得了吗。那些都是骗人的。"她静静地接下去，"在肚子里的时候，真就是一个不相干的东西。就像是有什么人不由分说把一个东西给塞了进来……

"可问题是，那孩子从我身上分离出去的时候，很突然地就会涌上来一种感觉，觉得这是自己的东西，这孩子是自己身体的一部分。分离出去的那一刻，我就是这孩子，这孩子就是我。她是我的一部分，我也是她的一部分。"

近藤既没有涌出眼泪，也没有强颜欢笑，只是淡淡地说着。探病时间结束时，我留下句"明天再来哦"，正准备走出病房，近藤却在病床上叫住了我："不用啦。看到你感觉好多了。又不能一辈子都赖在医院里。”她说要把我送到楼下门厅，说着便靠她自己下了床。

“最后我不管不顾，硬是让他们给我抱了抱孩子。只要是为这孩子，我什么都愿意做，我心里是这么想的，可这孩子，别说发脾气耍性子了，连眼睛都没能为我睁开一下……”

就在那部电梯里，那一天，近藤第一次笑了笑。

在宇田川夫妇家的客厅，我关掉声音看了大约三十分钟的《新闻播报站》，然后去给拉格斐洗澡。那些新闻影像，尤其是报道战乱的画面，不开声音去看，会觉得人归根结底就是一副躯壳，能感觉到一种理所当然到不能再理所当然，却又非常新鲜的冲击。如果把电视机的音量调大，本·拉登啦布什啦鲍威尔啦，还有沙龙啦阿拉法特啦新闻评论员什么的，会罗列出一堆难懂的词句，给人的感觉就好像那些话能孕育出思想，而孕育出的思想又可以让某些事发生一样，但如果把声音关掉，人的思想什么的根本看不见，只能映现出人的身体在走、在坐、在躺。本·拉登那副瘦削的躯干，看上去真不像会做什么坏事，相反，布什康健的躯体，也不像是能解决什么问题。在没有声音的新闻画面里，不知为何，好像只有身体受到了不公正的对待。

拉格斐很讨厌洗澡，每次帮它洗身子必定要上演一场搏斗。就在我用力按住死命抵抗的拉格斐，不管它愿不愿意往它毛发上滴沐浴液的时候，瑞穗姐拖着一只超大的旅行用行李箱隔了这么久终于回家了。她打开浴室的门，探出一小部分脸，注视着我满是肥皂沫的面孔，用一种有气无力的声音向我表示了慰问："麻烦你了啊。""你搬回来了？"我问，回答却是："来拿点换洗的衣服。"似乎，也不需要我多说什么，于是我重新回去跟拉格斐继续搏斗。

我用毛巾裹起湿透的小猴子回到客厅，瑞穗姐看样子已经收拾停当，也一样没开声音在看《新闻播报站》。拉格斐从毛巾里飞蹦出来，想要爬到好久没见的饲主的肩上，不想只得到一句"擦干了再过来"被无情地推到一边，不知道是不是为了掩饰内心的不甘，小家伙像故意炫耀我们的感情似的，一跃抱住了我的腿。

"还是要回你朋友那里去？你也很久没回来了，住一晚再走不挺好吗……"

我一边给拉格斐擦身子一边说。瑞穗姐什么都没回，我又说：“就算是朋友家，到底还是不自在吧？”她回：“这段时间，朋友跟航班飞罗马去了，不在家。”

“这样啊。对哦，你是说过她是做空姐的。”

“她说现在都没什么人愿意当空姐。哪像过去，那可是女孩子未来梦想的第一名，没错吧？可现在据说连前十都排不进，那工作万一出点什么状况可就惨了……”

听瑞穗姐说，她有时也会跟和博哥通个电话谈一谈。谈的目的应该是为了解决问题，可这所谓的问题还是有点不清不楚，想必两人也一定谈得很辛苦。

我帮拉格斐擦完身子，给瑞穗姐拿了一个草莓冰淇淋。“你看上去好像很累啊。还是住一晚再走吧。”我又一次劝她，可她却不紧不慢地说，“车还在下面等着呢。”

“车？出租车？”

“不是啦。我叫公司里的小姑娘送我来的。”

我从沙发上站起来，打开窗看了看下面的马路，那应该算是环保车吧，有一阵子还挺流行的玩具似的小型敞篷车，正打着双闪停在公寓楼前面。“那姑娘干吗呢？”瑞穗姐问，我告诉她，“嗯……好像在调导航。”

隔了好久饲主终于回来了，拉格斐很是兴奋。小家伙从沙发跳上桌子，一边吱吱哇哇地叫唤一边一溜烟地飞蹿上书架，最后还成功使出一项绝技，飞身跃上了窗帘的滑轨。

“跟和博哥谈得有进展吗？”

我坐回沙发，劫走了瑞穗姐碰都没碰的草莓冰淇淋，问她。“我们俩都顾着对方的面子，眼下还是没什么起色吧。你想啊，要是性格是那种能把心亮出来，把肚子里有的东西统统倒出来的话，那倒也容易了……当然，如果我们俩都是那种性格，也不会搞成今天这种样子了……”

“我上次，在电话里跟你提过在日比谷公园碰到了一个怪怪的女人，还记得吗？”

“就是在地铁里搭错话的那个？”

“对。我最近跟那人，有时候会在公园聊上几句，那人说的一句话有点意思，她说就是因为没什么可以隐藏的，不喜欢这样，所以才要硬逼自己装出一副像是在隐瞒什么的样子，大概就这意思……我们是在聊星巴克里的女顾客时说起来的。”

“那人多大？”

“感觉跟瑞穗姐差不多。”

“戴没戴眼镜？”

“眼镜？为什么这么问？”

“没什么，就是想到了……”

“眼镜倒是没戴呢。”

外面马路上响起一阵急促的汽车喇叭声。我连忙从沙发上站起来，隔着窗户看下面的马路，瑞穗姐的同事还在捣鼓车里的导航。那几声喇叭，好像是另一辆车，对着没有靠边停的环保车按响的。

“差不多也该走了。”

我回过头，瑞穗姐已经拖起行李箱正准备往过道走。追在她身后的拉格斐的脊梁骨，不知道是不是我的错觉，看上去有点落寞。

“刚刚那喇叭，好像是别的车按的。”

“是吗？那姑娘，她在干吗？”

“还是在弄导航。”

但最后，瑞穗姐还是离开了。我把在过道上飞奔回来的拉格斐抱到肩头，隔窗看着下面的马路，拖着行李箱的瑞穗姐双肩低垂拖拖沓沓地出现在视野里，她甚至没有抬头看一眼自家窗户，就坐进了小环保车的副驾驶席。或许这两个人会一直这样分居下去吧，直到连分手的力气都没有了为止。

真是一点都睡不着。晚上睡不着觉倒也不是那么少见，可整个人就是越来越亢奋，甚至觉得就连自己的体温都在阻挠我入睡。以前，要是像这样一直傻呆呆地望着黑乎乎的天花板，望得久了，那么大多数时候，我都会果断去夜幕下的马路上跑跑步换换心情。最近跑步的次数少了，倒不是说晚上睡不着觉的次数自动变少了，而是因为在市谷的健身房里锻炼到不成人形之后，一躺上床就像关了电源一样睡死过去。搞不好，我就是为了睡个好觉，才会去举那些杠铃，去踩那些动感单车，去做那些深蹲锻炼大腿肌，还听桂木教练的话去跳什么健身操做所谓的有氧运动。

我想着不如起来喝个水，爬下了床。拉格斐正弓着背，团成一团睡在床边地板上。我去到厨房，从冰箱里拿了一瓶依云在昏暗的客厅沙发上套着瓶口直接喝起来，眼前一轮冷白色的硕大月亮，极度憋屈地挂在夜空的一个小角落里。我把依云放回冰箱，在吸湿排汗的运动衫外面披了件外套。反正也睡不着，我决定绕着驹泽公园走走路，走到身体疲累为止。

出了公寓楼，春天夜晚特有的那种就像床单上残留的余温般温热的风吹拂着我的脸颊。已经穿了五年的运动裤，橡皮筋早已拉松，一走起来就拖拖拉拉往下掉。本想把腰里的带子系上，可一侧腰带的绳头已经缩进洞里，揪也揪不出来。

我沿着过往车辆稀稀拉拉的驹泽路，慢悠悠地朝田径运动场的方向走去，途中又经过了上次那家杂货店。大概是因为没开灯，差一点就毫无知觉地径直走了过去，是那对人体模型停在了我的视线里。两具模型在黑漆漆的橱窗中，被摆成手牵手的样子放在盒子里。不知什么时候还附上了一张崭新的价格标签，上面五万日元的字样被画上了一个红色的小 ×，不过也没有标注调整后的价格。人体模型经月光一照皮肤看上去更加惨白。其中一具开示着内脏器官，另一具腹部紧紧闭合。也说不清为什么，看上去似乎比上次让店主从盒里取出来给我拿在手里看那会儿，还要重。忽然，我开始猜想那具腹部闭合的“人体模型”里该不会没有塞进器官吧。当然了，隔着玻璃看是看不出答案的，但也不知道为什么，就是觉得那关起来的肚子里也许一片空洞。若真是这样，里面的东西又会放在哪里呢？我看向黑洞洞的店堂，马路对面音像制品店招牌上的“租赁”二字，正投映在那面装点在里侧的镜子上。在它旁边，我背后的绿灯开始一闪一灭，于是我飞跑着穿过了人行横道。

这片街区造着一排排的样板房，一整个晚上灯火通明，简直就像成功人生的典范。那家二十四小时营业的家庭餐厅里，几乎看不到什么客人。有一次，三更半夜突然想喝奶油玉米汤，所以一个人进去过，但那之后就再没光顾。

我穿过成片样板房的一角，转入普通住宅区走进一条细窄的小路，四周突然暗下来。我抬头看了看，电线杆上的路灯连着三盏都没通电。周围房子的窗户里也都没有亮灯，可能就因为这片黑暗，听力变得莫名的敏锐，就连远处大概是公园中央广场上玩闹的几个少年，在混凝土上溜滑板的声音都能隐约听见几分。

这一带虽然独栋的民房占了多数，不过其间也建着几栋外观特别正统的小规模公寓楼，楼里有几扇窗户这个点居然还星星点点亮着灯。我从宇田川夫妇家出来已经过了三点半，或许再过不久，送报的摩托车就该飞驰上街区了。

我在 L 字路的尽头刚转了个弯，就看到路中间掉着一件蓝色 T 恤。应该是哪家晾在外面被风吹下来的，上面还挂着干洗店的一次性衣架。我捡起衣服看了看，是

GAP的纯棉T恤，看尺码应该是男人穿的。我环顾四周，眼前就有一栋小公寓，一楼最靠近我的那间房外面正晾着一批差不多的衣服。公寓一楼有四户小单间一字排开。每扇窗都拉着窗帘，没有一间亮着灯。我想把T恤给人放回去，便跨过低矮的围墙走了进去。里面放着一台洗衣机，本来打算就搁在洗衣机上，但因为手里的T恤已经干透，我条件反射似的取下衣架，三两下就在手上叠好了。我把叠得整整齐齐的T恤放到洗衣机上，眼睛又瞥向了其他几件挂在外面过夜的运动套衫和T恤。只要伸伸手臂，指尖就可以碰到那件阿迪达斯的白色套衫的袖子。看这样子，那套衫不费吹灰之力就可以从晾衣杆上取下来。住这间房的人，肯定正在窗的另一边呼呼大睡。要是等他早上起来，伸着懒腰打开这扇窗，看到晾了一整夜的衣服都已经平平整整地叠放好了……这时，隔壁房间传来一声响动。好像有什么东西翻倒了。我赶紧逃离现场，一跃翻过矮矮的围墙。等我再回头时，只有那件白色套衫在晾衣杆上晃来荡去。

我穿过住宅区走回宇田川夫妇家的路上，总感觉自己一路都在盯着别人家的阳台看。以前从来都没注意过，晾衣服过夜也不收回去的人居然还挺多。我一路穿行而过的街上，满眼都是晾过夜的衣服。

据说美国亚特兰大近郊有一家叫“跨奥”的公司发展特别快，不管是《INC.》还是《福布斯》都把它列为最优秀企业，公司理念就是提供高品质服务。这家公司销售的商品是人体的器官和组织，就是把各个国家运来的心脏瓣膜、血管、肝脏、软骨和跟腱处理一下再拿出来卖。而告诉我世界上存在这么一家公司的，是新一周刚刚开始的那个下午，在心字湖的长椅上再一次遇到的那个女人，没记错的话，由头是我提起了列奥纳多·达·芬奇的《人体解剖图》，说那里面的素描到处都是错，结果就聊到了这家公司。我从没想过法律竟然会允许买卖人体的器官和组织，所以听了她的话，内心备受冲击。她还说：“不过啊，可以买但不能卖。”我一时间没弄懂话中的意思，追问道：“那公司不是先买，再处理，然后再卖吗？”但据她说：“不是那样的。是先让人无偿捐赠，然后处理一下再卖掉。”

“那……岂不是零成本？！”

“还需要人工费和别的一些费用吧，不过原材料确实不要钱呢。”

刹那间，脑海中浮现出了躺倒在橱窗里的人体模型。

“或者应该说，原材料是人的善心。”

“啊？”

“你想嘛……”

她在这个地方停住话头之后，像是突然想起了什么笑了起来：“说起来，我们第一次碰到，就是在那块呼吁大家捐器官的广告的前面呢。”她说这句话时紧盯着我的脸。“人死之后，有些东西依然可以继续活着。比如，你的意愿。”下意识地，我们俩不约而同低声念出了这句话。这个世界上有一家公司，把人的善心处理一下再卖出去，还登上了《福布斯》成了一家优秀企业，我终究无法相信这是真的。

“不过，我还是觉得挺吓人的。怎么说呢，假如这世界发展下去，这样的事情变得越来越理所当然……”

“你也用不着那么当真吧?!”

“可问题是，怎么说呢，就比如一想到我的心脏、肝脏，或者眼球什么的，总有一天会变成其他人的东西，难道不会觉得，自己这个身体就像借来的一样吗?!”

“借来的……还真是。只有外面是私人的，里面全是人类共有的。就跟那些公寓楼正好反一反呢。公寓楼里面是私人的，外面是公用的。”

听到公寓这两个字，我不禁想起了宇田川夫妇家的房子。现在，是我在那对夫妻的家里起居，那对夫妻分别去了别的地方生活，而我自己那套主人未归的小公寓，则是我来了东京的母亲在那里破茧展翅随心所欲。

约好三点半碰头的近藤前辈迟迟没有现身，所以我又和她加时多聊了十五分钟。估计都是放春假惹的祸，公园里竟也冒出了很多小孩子，像是故意要跟这些悠然享受午后时光的大人捣乱似的，“咔咔咔咔”地折腾出一阵又一阵喧闹的滑板声。我明明记得这座公园禁止玩滑板也不能骑自行车，不过搞不好那一类小孩就是因为禁止玩，才存心跑过来的。

“你有女朋友没？”

“啊？”

她的问题特别唐突，但又唐突得特别自然，如果要打比方，就好像是一片樱花瓣轻轻巧巧地飘落到了湖水的水面上来。

“我可没女朋友。”

“答得够干脆的！”

“遮遮掩掩也没用吧。”

“已经很久都没有了吧？”

“结论下得也够干脆的！”

“遮遮掩掩也没用不是?！”

那之后又过了五分钟，我的手机接到了近藤前辈的联络：“我要晚一点，你先去！”就在那短短的五分钟里，我极其自然地，对她说起了光的事。从我第一次见到光时的印象开始，到我唯一一次亲吻光，再到那之后我和光依然做着朋友，最后是这几天我刚刚得知的，据说过不了多久光终于要结婚的事实，没有夸张虚饰，也没有刻意省略什么，就是平平淡淡地说给她听。她时不时会回应几声“嗯”或者“哦”之类兴味索然的附和。我刚一说完，她就说了一句颇为奇妙的话。她问：“……我说，这个叫光的女孩子，真有这么个人？”那一秒，我竟也迟疑了一下。“当、当然有了！您……您是在问光这个人是不是真的存在，是这意思吧？”我又反问她，她却笑着回：“有就有呗。也犯不着这么紧张吧。”

就这样对话还是七零八落碰不到一块，我们同时把视线转向了心字湖中的水鸟。

“也难怪，你会带着那样一种表情。”

她一边用目光追逐着在水面上漾出一道道波纹的水鸟，一边感慨。

“什么表情？”

“就好像额头上写着‘反正都’这三个字的表情。”

我下意识地用手摸了摸额头，她侧目瞥了我一眼笑起来。

“也就是说，你一直都抱着这份不会有结果的感情度过了整整十年。”

“哪有您说得那么夸张？！”

“有什么不好意思的！你应该抬头挺胸才对！‘我可是整整十年都爱着同一个女人！’”

“说是这么说，要是让您看到我瘫在家里的地板上，抱着个足球靠垫，一边看电视一边呵呵傻笑的样子，保准您立马就想收回刚才那句话。”

差不多聊到这儿的时候，近藤前辈的电话来了。挂断电话，女人也说要回去工作，所以我们一起从长椅上站起。我和她在心字湖岸边道了别。道别时，她问道：“对了，跟你商量个事，明天能不能早点来？”我问原因，她说：“要是你有兴趣，想跟你一起去看个摄影展。”

我也想不出什么拒绝的理由，就爽快地答应了："好，没问题。"女人说，办摄影展的地方就在银座八丁目的一家画廊。

我和她分开后，一个人朝日比谷地铁口走去。喷泉广场的长椅座无虚席，都是些看上去带着几分疲惫的上班族。以前，我曾经问过近藤前辈："您说大家为什么都会来公园呢？"前辈难得地动起真格陷入了沉思，但没多会儿就不痛不痒地扔出一句："不就为了喘口气吗?!"因为这回答没有任何意外的转折，我也懒得接话准备听听就罢，前辈又说："你想嘛，在公园就算什么都不干，也不会有人说你是吧？相反，假如你来推销或演讲，真想干点什么，反倒会被人轰出去。"这一次，我用一句"说得有道理"表示了赞同。近藤前辈一脸心满意足地拍了拍我的肩，笑着说："所以说嘛，我这人就是没办法像你这么喜欢公园。你也看到了，我就这性格，别人越是叫我什么都别干，我就越会想要干点什么。"

那天晚上，我给久未联络的光拨了个电话。光大概刚泡完澡出来，有点手忙脚乱，她先夸赞了一下今年一月一起去吃的那家意大利餐厅味道不错，接着又告诉我这段时间快被重度花粉症折磨死了，她接我电话的反应和以前一样没有任何让人不舒服的地方。我一边给拉格斐喂瓜子一边听她聊近况，光说话的方式，就跟走雪路时的感觉很像。一个词一个词都含着力量，绝对不会快步紧走更不会飞速奔跑。有时候虽然也会"哧溜"滑倒，但她一屁股坐在地上之后，一边拍雪一边爬起来时的笑容，让周遭的空气都变得格外和煦起来。

中间有好几次，我重复着"也没什么特别的事"，对突然给她打电话说了些对不起之类的话，每次我一说，光就会吐出一句像极了早年青春剧对白的台词："就因为没什么事也会打电话，所以才是朋友嘛！"看录像机上的时钟，我拨电话是"20∶34"，放下话筒是"20∶43"。再多一分钟就能凑满十分钟，虽然这一分钟也未必能说上什么话，但我又觉得也许这一分钟就能说出些什么了。在这九分钟的对话里，光谈起了应该是她最近租录像带看的希腊电影《永恒和一日》。她说话的时候大概在擦干头发，过一段时间就会响起浴巾"啪嗒"撞击话筒的噪声。直到最后，光的嘴里都没有道出结婚的事。

我刚挂上电话，在地板上蹿来蹿去的拉格斐就叫人猝不及防地飞扑到我背上，那只本打算一把抓住我套衫领口的小爪子，轻飘飘抚过了我的前脖颈。我整个背脊不由自主往后一仰，这一连串动作刚好映在了面前的镜子里。我想起了在日比谷公园那女人对我说的那句“你应该抬头挺胸才对”，不禁涌起一股笑意。

我冲完澡，带上拉格斐一起出了门。要是在白天，小家伙一定东蹿西跳到处溜达，就差没把脖子上的绳索拉断了，可一到晚上，它似乎就特别害怕，完全不肯从我肩上下来。“热乎乎外卖店”[1]的铺子里，有几个附近体校的学生。虽然我一周也要去三次健身房，但他们那种为了竞争获胜而拼尽全力锻炼出来的身体，到底还是会让我感觉到一股杀气。过了外卖店，我隔着马路，把视线集中到一条小巷子的深处，可以看到自己那间小公寓的窗户亮着灯。倒也没什么特别的事，或许没事也会见个面的才是亲母子。

我妈一见到拉格斐，就发出了一声尖叫。“别过来别过来！”她从房间的这面墙逃到那面墙，嘴里还吐着莫名其妙的辩白：“你刚生下来那会儿，可比这东西人模人样多了！”我进门时，我妈正被一堆伊势丹的纸袋围在

1 ほかほか弁当屋，日本大型连锁外卖店。

中间，看样子是在又窄又挤的小浴室里放了缸热水，还把我从公司拿回来的好几种泡浴剂样品摆成一排，正纠结着该挑哪一款。

尽管有点可怜，我还是把拉格斐拴在冰箱把手上彻底隔离在了厨房里，然后喝起我妈泡的绿茶。我问她这次打算待到什么时候，她说准备搭后天白天的飞机回去。听她的意思，我爸好像昨晚发烧了，还打了个电话催我妈“快点回来”。“都这样了，你还后天才回？”面对儿子的故意刁难，我妈举了举伊势丹的纸袋：“明天没有打折票呀！你也看到了，这几天可花了不少钱！”她手上的纸袋里，装着一件应该是买给我爸的V领毛衣。

“当儿子的说这话可能有点怪，不过你跟我爸的感情居然还算挺不错的吧。”

我一边往杯子里添茶一边说。我妈大概以为我要问她什么严肃的问题，脸上飞掠过一阵紧张。

“你没头没脑说这个干吗？”

“没什么，就是突然想到了。”

“让你住他们家的那对夫妻，还没回来？”

“嗯，还没回。”

“你一个人，赖在别人家干吗呢？”

“也没干什么……就是照顾照顾猴子，还有一个人占着那间大客厅……”

浴缸的水放好了，我妈拿起牛奶泡浴剂朝浴室走去。她跟拉格斐保持着一定的距离战战兢兢地穿过厨房，然后从浴室里对我发问：“你那猴子，今天晚上该不会要住这儿吧？”“我一会儿就带它走！”在我大声喊回去的同时，传来一阵“哗——”的入水声，紧接着就是一声“啊——”，那舒爽的声音听得我都放松了。

我解开绳套把拉格斐放进房间，目光瞥向桌子，看到上面放着一张折好的信纸。我一边觉得过意不去一边拆开读起来，看样子是写给我爸的，里面编织着一些从我这个当儿子的嘴里实在有些说不出口的甜言蜜语。信的最后，简直就像顺带一提似的汇报了一下我的近况，一共只有三行字，却用了四次“还是老样子”。这次碰巧借着照顾拉格斐的名义，我住了出去，所以和跑来东京的我妈都没打几次照面，如果不是这个意外，我和她应该每晚都会大眼瞪小眼。平时周一到周五，就算下班去一下健身房，九点之前我也一定会到家，周六周日，基本都窝在家里看看电视、读读书。不管我妈来没来东京，这些习惯从没变过，不过有时她却会说：“你不用顾虑妈，该玩就出去玩！”从这一点来看，她好像以为我周六周日不安排活动，完全是她的缘故。我从上学那会儿起，就不爱出门。不过，要是有朋友三催四请，我也会跑去涩谷喝一杯，或者去参加一下两天一夜的滑雪。但问题是，以前对我三催四请的朋友，进公司以后可没时间打那么多电话来约我，关系自然就疏远了。要是在某一个节点稍微使把力，大概也能维持一下，但每次等我意识到时，似乎都已错过了时机。至于最近几个月，最多也就是被宇田川夫妇请到他们家去吃个晚饭，记忆里已经完全没有了节假日坐电车去什么地方的印象。真要说起来，这几天，之所以会如此勤快地跑去宇田川夫妇家，大概也是因为，他们两个全都不在家。

我公寓隔壁住了一个年纪轻轻的女孩子，可能是因为总喜欢在窗边打电话，很多时候说话内容听得一清二楚。我还没有正面看过她的脸，不过只要一到星期六中午，她就必定会给五六个朋友轮番打电话，约对方接下来一起去哪里玩。有些日子一拍即合刚好能约上，也有些时候，在被所有朋友拒绝之后，隔壁会突然响起音量巨响的音乐声。所以，只要那女孩周末有了方向，连我都会无缘无故地松一口气。我把这件事说给近藤前辈听，他笑称：“我跟那人一样！星期六星期天绝对要让身体好好休息一下！”可如果换作是我，与其说让身体休息，大概更准确地说，应该是让“话语”休息。虽然不是和博哥，不用像他那样为了两个人在一起，从一个房间转战到另一个房间，但我也正是因为想和周围的人和和睦睦地相处下去，周六周日才什么人都不想见，也什么话都不愿说。

我把我妈写给我爸的信放回原位，躺倒在我自己那张阔别多时的床上。我妈也真是，挑什么不好，偏偏从书架上挑了本饭岛爱的《柏拉图式性爱》，翻开在一半，倒扣在枕头上。

又过了一会儿，我一边把抓着窗帘就要往上爬的拉格斐一点点拽下来，一边打开电脑查看邮件。都快一星期没开了，可收到的邮件只有可怜的两封，第一封是通知我前几天下单的妮娜·西蒙的CD断货了，另一封是报告说“我的替身”目前已经走到了佛罗伦萨。这是一个网站上的小游戏，只要给自己的替身取个名，然后按下“上路”，那个替身就会自说自话地在世界各地游荡，并用邮件给你发回游访地的照片和各种见闻。在那上面，我已经游完了德国和加拿大。

第二天，上午开始就有推广会议。前一天晚上，我把电脑带回到宇田川夫妇家，在各种网站上东看西看一直看到天亮，结果会议没开几分钟，就有一股猛烈的倦意朝我袭来，害我被邻座新宿区的负责人猪口在桌子底下捏了好几下大腿。关于一直在商议的女性杂志三页跨页广告该用什么照片的问题，部长突然问我意见，我情急之下信口胡诌了一句：“不同的水果配上不同的动物来拍怎么样？比如橙果系列配猴子，芒果和蜜桃配牛，酸橙系列配马之类的。”可没想到居然被采用了，结果就变成我代替涩谷区主管田所——他本来提议配合不同水果介绍亚洲的海滩——去陪负责人跟设计师开会讨论。

会议拖拖沓沓一直开到正午过后。因为公司小，所以就连客户老板的女儿结婚要送什么贺礼都被提进了议程。

下午，我坐上地铁去日比谷，不想电车居然又在前一站霞关站停住不动了。因为每天都坐同一节车厢、站同一个位置，所以车窗外看到的必定还是那块“日本器官移植网络”的广告牌。这时总有一种感觉，似乎那女人就站在我身后，我回过了头，但后面站的却是一个轻轻薄薄的风衣下面穿了一件护士服的十五六岁的女孩子，正和着奇怪的节奏摇头晃脑。

电车空调恢复后，发车铃响，车门关闭。车窗外，移植网络的广告缓缓朝后飘去。窗玻璃上映出了那个依然在和着奇怪节奏摇头晃脑的“护士装”少女。

我比平时早三十分钟进了日比谷公园。昨天，那女人只问了句“明天能不能早点来”，也没约定具体时间便道别了。我自己在心里随便判断：所谓早点估计也就三十分钟左右吧。我爬上了俯瞰心字湖的堤岸找了找，却没有看到她的身影。太早了？还是，太晚了？我在长椅上等了十来分钟，忽然注意到有个人正站在湖对岸，拼命朝这边挥手。不知道是不是因为一直披垂下来的长发今天被束在了脑后，她那细长的脖颈即便隔了这么远，依然白得亮眼。我站起身，也朝她挥手。大概是顾虑到周围人的目光不方便大喊出声，她只动了动嘴：“喷泉广场。”我大幅度地点点头，表示“明白了”，立刻把目光转向广场的方向，可有树挡着什么都看不到。我转回视线，她人已经不在原位，朝广场走去的背影眼看就要消失在林荫道上。我赶紧把包抱在胸前离开长椅，沿心字湖后面通到广场的小路一路跑去。正好在快进广场的地方，我跟她会合了。“怎么了？”我问。“你看嘛，今天那人来了呢！”她说着，伸出手略带兴奋地指向广场一角低矮的天空，那里飘着一只小小的气球。不是因为离得远所以看上去小，而就是一只实际只有脑袋大小的红色气球，正岌岌可危地飘浮在高个男人跳一跳大概就能够到的很低的半空，看上去随时都有可能掉下来。

“不是要去看摄影展吗？”

我对着她已经开始朝前走的背影问道。“那个明天再看也不迟！这个人，最近出现得可少了！”她头也不回，一路朝前。

已经过了午休，也过了人最多的时候，不过喷泉广场的长椅上还是有好些个上班族格外显眼，正在无所事事地打发时间。但若要说不管是谁都被广场一角低空悬浮的气球夺去了注意力，那情况显然并非如此，虽然确实有几个人呆呆看着，但那气球的浮力未免太不让人放心，只怕就连那几个人的兴趣很快也会丧失殆尽。

一个满头白发、略有发福的老头正从气球正下方抬头看着上面。那女人拉着我的手臂走到老头身边，原来那气球上拴着一根很细很细的绳子，直接连到地上的一只有点像保险箱的箱子上，所以不可能飞得再高。

“您好！”

她打了声招呼，但老头还是望着气球一动不动。于是她戳了戳我的侧腹，小声埋怨道：“你也打个招呼好不好！”

“打了招呼又能怎么样嘛！”

“难道你就不想知道他在做什么吗？”

“他在做什么……不就是在放气球吗？”

就在我俩低声争论时，老头已经动作麻利地拉动绳子，把浮在半空的红气球抱到了手上。

因为她在一边不停地戳我侧腹，我只好犹犹豫豫地开口搭话：“请问……”这次老头终于把脸转了过来，没头没脑且极度不耐烦地扔出一句：“只要别问为什么，我就告诉你们！”

“啊？”

有那么一瞬，我没搞明白他在说什么，所以死死盯住了他的眼睛。

“意思就是，只要你们不问我为什么、不追究原因，我就告诉你们。你们俩，不就想知道这东西干什么用吗？！”

老头抱着红气球的姿势，就跟我抱拉格斐一个样。这时，那女人朝前迈了一步，对老头说：“好的，我们不问为什么，就请您跟我们说说吧。”本来这老头态度这么差，我是不想跟他有什么瓜葛的，可因为那女人勾着我的手，所以她上前一步，我自然也就跟着被拉到了老头面前。此刻广场上虽然有这么多人，却没有一个注意到我们。

“这玩意儿还有很多要改进的……”

老头一边把卷成一团的绳子放回纸板箱，一边说。那女人跟老头一起蹲了下去，被她勾着手臂的我，也只好跟着蹲在地上。

“……没风的日子啊，就会很听话地笔直升上去，这个倒是不错。可问题是，还是转得太厉害，你们也看到了吧，气球升上去的时候会骨碌碌转个不停。要是不能把这个转动控制住，让它尽可能不要转，那再怎么也……”

老头自说自话地讲起来，可这气球骨碌碌转到底会导致什么问题，我还是一无所知。

“那个……转得太厉害会怎么样……”

看来那女人也抱着同样的疑惑，她终于拿出勇气在老头讲解的时候插了一嘴。这时，老头第一次，微微笑了笑。他这一笑，那种难以亲近的感觉多少缓和了些，而他抱气球的样子看上去竟也有点像在抱小孙子。

“也是也是，得先从这个说起……”

老头有些不好意思地吐出了这句话，然后开始回答女人的问题。概括来讲，就是他想从空中看一看这个公园。等以后，他要在气球上吊个小篮子，底部装一个小摄像头，然后笔直笔直地放上去。摄像头拍到的画面，可以通过显示器播放出来。

“真的会越飞越高哦！一开始只能看到脚边，然后越飞越高，首先从正上面拍出整个喷泉广场，然后是整个公园，最后嘛就是这附近被高楼围在里面的区域，到时候全都可以出现在这台显示器上！”

就在老头眉飞色舞的讲话告一段落时，“看这些又有什么用呢”这个问题，已经卡到了我的嗓子眼，但我想起刚才说好禁止问“为什么”这三个字，所以硬生生把它吞了回去。

跟我不同，那女人看上去对老头给出的解释心满意足，跟老头道别后，在回心字湖我们一直坐的那张长椅的路上，她因为老头的话而兴高采烈：“其实我早就猜到了很可能就是这样。那老伯怎么看都不像只是放气球这么简单，我就在想会不会是这样的呢！”

“可是……现在就我们俩，应该没关系了吧？可是，为什么呢？”

在我终于对她吐出这句话的那一刻，胸口顿时感到一阵舒畅。

“为什么？不就是因为想从上面看一看吗？”

“所以说呀，为什么想要看那种东西呢？”

“这个嘛，我就不知道了。不过，我其实，很早以前就在想，那个老伯，应该是我们俩的老前辈！”

“老前辈？”

“对啊。就是在这个公园打发时间的老前辈。他虽然到岁数退了休，但肯定来这公园已经来了好几十年了！顺着这思路，你再想想看，会不会觉得多少也能理解他的心情，理解他为什么要做那些事，为什么想从天上看看这个公园？”

那天，我和那女人在公园里的松本楼吃了顿咖喱饭。她好像不太擅长吃辛辣的东西，快吃完的时候鼻尖上已经冒出了汗。女人脱去了外套，穿一件半袖夏季针织衫，我第一次看到她的手臂。她那条搁在桌上的手臂的曲线和放在旁边的银勺重合在一起。我一边吃咖喱饭，一边和她聊我们公司边上隔三岔五跑来做生意的专卖咖喱的移动摊贩。那儿工作的人里有一个像是印度来的漂亮姑娘，每次如果给她送些沐浴液之类的小样，她就会帮我把米饭换成大份。我说到一半的时候，她似乎想要说些什么却中途作罢，转而告诉我，她以前因为工作关系去过加尔各答。到这一步互问一下对方的职业再自然不过，可我总觉得让她欲言又止的正是这个话题，所以故意没有去提。也不知道她是察觉到了，还是没有察觉到我的想法，饭后喝咖啡的时候，她先告诉我最近她住的公寓边上开了一家荞麦面店，还是一家百分百用荞麦粉做面的特别考究的店，接着又说起一个叫渡边淳弥的设计师，说那人故意按照驼背、后仰或者极度耸肩的人的体型来做衣服，那些衣服标准体型的人穿上后，不自然扭曲的部分反而会显得特别有品位，等等等等。

据那女人说，这座日比谷公园应该是在明治三十六年[1]开园的。我俩掰着指头算了算，这样说来明年刚好就是开园一百周年。

在银座店盘完货已经是晚上九点，大家顺势一块儿涌去喝酒。银座店，说起来也是东京销售额数一数二的

1　一九〇三年。

优良店铺，可最近这一年业绩远远没赶上预期。一伙人跑去了一家据说是店长重田经常光顾的围炉炭烤店，但店里没那么大的桌子，坐不下这么多人，倒是有人提议换店，可基本上每个人都是等不了的状态，只想早一秒喝上啤酒，所以入座时就变成了吧台外面两个、里面三个、另一张桌再坐三个，这样一种颇为奇特的坐法。就因为大家分坐不同的地方，结果不到一小时就有人“先走一步”，这场盘货犒赏会连个高潮都没掀起，便在店家结束点单前早早收场。

出店前没几分钟的时候，跟我一起坐吧台的重田店长，给我看了他们一家人前段时间去奥多摩玩的照片，没想到他以前带到公司来过的独生子翔太居然已经长这么大，着实让我惊了一把。问了问，说是明年上初中，“过不了多久，就不要老父老母喽”，店长颇有些得意地笑了笑。他给我看的照片，基本都是在日原钟乳石洞拍的。

在有乐町中心大楼前解散后，本打算直接下去坐地铁，但大概因为平时不怎么喝酒，可以预感到直接坐电车肯定会想吐，所以改了主意，决定吹吹风再回。中心大楼前的红绿灯路口，这会儿还是人来人往，晴海路上等着载客的出租车排成了一长列。路上架的高架铁轨上，山手线的电车呼啸而过，之后又有一辆新干线开了过去。高架铁轨过去没几步就是日比谷公园黑压压的小树林，比白天看上去更有一种压迫感。没想到自己平日坐惯的长椅，离银座这一带也算是最热闹的路口居然这么近，很让我有些意外。

公园入口的派出所前面，站了一个年轻的警察。这个时间，一个人进公园多少有点可疑，幸好那警察只是瞥了我一眼。

脚一踏进公园，晚风就凉飕飕地抚摸起了我被酒烧热的面颊。游步道上，东一盏、西一盏地竖着一些路灯，只有灯的下面白亮亮地悬浮在黑暗里。我从好几片青白色的光亮里钻了过去，进到第一花坛，花坛边围放的椅子上，影影绰绰地闪动着一些成双成对的影子。面对那黏腻浓密的氛围，两条腿不自觉就僵住了，我直接掉转步子回到了游步道上。夜色中的心字湖简直就像不存在一般。白天明明还在那里的湖，这会儿突然就没了颜色。我在这条就像夏天睡觉把枕头翻了个面一样凉爽的公园游步道上走了一会儿，酒的烧劲渐渐从身体里褪了下去，我也没想过要去哪儿，只是由着两条腿沿银杏路一直不停地走。等我回过神，已经到了网球场后面，健康广场的前方出现了那座这会儿还星星点点亮着灯的政府办公楼。我想起了前几天在这片广场遇到的那个中年男人，于是走进了一片漆黑的健康广场，那块写着“睁眼单腿站立”的塑料板，孤零零地杵在中间。我走过去，在图表上查了下我这个年纪的数字，然后站上画着足底形状的检测台，两手平举，慢慢抬起右脚。“一、二、三……”我低声数起了数，可能多少也是有点醉了，随着身体越晃越厉害，声音自然也跟着大起来。灯光从背后照过来，我金鸡独立的影子，忽闪忽闪地，拖得又长又远。“二十多岁能站上近百秒，到七十多就只有区区十五秒了……”中年男人的声音复苏在脑际，就在我大声数出“二十五”之后没多会儿，脚脖子上生起一股微小的颤动，之后传遍全身，我一下没稳住，脚撑到了地上。离我很近的一张长椅上，一个被我搅了清梦的流浪汉，抗议似的翻来覆去。

广场上的时钟已经转过十二点，我考虑去日比谷门那边打辆车，便走回游步道，沿银杏路朝喷泉广场走过去。喷泉广场被一大圈没有人的长椅围在中间。那光景特别阴森恐怖，但我还是就近坐在了一张长椅上，用指腹摩挲起了椅子上冰凉的木纹。我尝试了一下，想让白天那些喧嚣热闹，那些来来往往交汇聚集的人的身影，重新浮现在这座铺开在我面前的黑暗幽静的广场上，可那些影像却怎么都连不到一起。我这人明明很擅长无中生有地去想象一些并不存在的东西，可这会儿不管我怎么聚精凝神，夜色下的广场上就是一个人都显现不出来。不过，他们的声音倒是隐约可闻。应该都是我以前在这广场上听到过的对话："你明天开始到大阪出差对吧？""所以说嘛，那种男人我是不会信的！""住镰仓也可以上下班啊。""话也不能这么说，我也是瞅着对方的弱点去的。"……在入夜后空无一人的广场上，只有话语重新活了过来。就好像白天也只有那些话语，溢满这座广场，在放松、在休息。

我又挑战了一下，再一次集中精神，就照着远近倒错的要领，先松了松领带。然后闭上眼，慢慢深吸一口气。这个时候，只要抬起头，猛一下睁开眼，白天的喧闹应该会立刻呈现在眼前。可不知为什么，睁开的眼睛里浮现出的，却是刚才重田店长给我看的日原钟乳石洞的照片，小翔太就站在洞口，正开着玩笑竖起了中指。就在好几年前，我和还没结婚的瑞穗姐还有她朋友一起去泡温泉，回来路上曾顺道去过日原钟乳石洞。在黑乎乎的洞里走了一段之后，也不知道是谁，突然有人冒出一句：“人的身体里面，应该也是这个样子吧。”于是，在那之后的探洞中，一会儿有人嚷嚷：“啊，这石头长得像肝脏！”一会儿又有人感慨：“这地方应该算直肠吧！”黑漆漆的洞穴里回荡起一阵又一阵笑闹声。大凡钟乳石洞，只要没有人工打上什么灯光，洞里就应该漆黑一片，人的体内其实也一样，平常我们看到的都是胃镜之类拍出来的图片，所以才会微微泛红。不过话说回来，如果整个身体都浸在太阳底下，这样的时刻光线是不是可以穿透皮肤照到里面去呢？忽然，眼前出现了那只红色的气球。那气球就从这座喷泉广场升上了天空，一截截爬升高度，终于一点点地俯瞰起了整座公园。从天上看下去，公园是一个长长的长方形，就像一张人体胸透图。心字湖就跟它的形状一样，正好处在心脏的位置。从樱门开始延伸的银杏路，像食道一样扭来扭去，在穿过相当于胃囊的草地广场之后，直接通到日比谷图书馆，在那一带又像肠子一般蜿蜒蛇形。依照这个推想，中幸门就是肛门。膀胱则长成了日比谷公会堂的形状。云形湖是肝脏，第二花坛是胰腺。从天上还能看到公园里游来荡去的一个个很小很小的人。数不清的人走过细细的小路，横穿过喷泉广场，从东一处西一处的出口走出去。简直就跟出汗一样，人源源不断地从公园里涌出来。

就在这时，呼的一下，面前这座黑漆漆的广场重新占据了我的视野。整座公园的俯瞰图烟消雾散，留在我眼前的黑暗，不知为何令人觉得特别耀眼。

我赶在八点之前出了宇田川夫妇家的门跑去了自己的小公寓，妈中午就要坐飞机回去，本想叫她一块儿到麦当劳吃个早饭。可她倒好，还是一身睡衣的样子："要洗脸要化妆，可费事儿了，算了算了。"一口回绝了我一片孝心的邀约。我也只好随她，就留下句"那你路上当心"，离开了公寓。

这天早上感觉特别舒爽，天空蓝得仿佛都能够感知到更深更远的宇宙。我穿进驹泽公园走去车站，刚转过第二球技场的转角，就看到正在晨跑的朝野远远朝我这边跑了过来。这会儿她没带辛迪，规律的"呼、呼、呵、呵"的呼吸声回响在朝雾笼罩的林荫道上，一脸严肃越跑越近。朝野好像没有注意到我，在她靠近到十来米的地方时，我道了声"早"，她猛一抬头，本来已经维持原速从我身边跑了过去，可之后又发出一串怪异的“啊、啊啊！”折了回来。但折回来之后，朝野依然一圈一圈围着站定在原地的我跑个不停，那件尼龙质地的衣服“沙沙沙”地发出一阵刺耳的摩擦。

“早上好！”

我重新打过招呼，朝野还是片刻不停地绕着我转圈：“跟你说啊，有人在说你闲话呢！”她故意放低了声音。

“闲话？”

“你也认识的，就是那个养吉娃娃的主妇，狗狗叫‘咪咪’来着，有印象没？”

“头发是紫色的那个？”

“对对对！她跟人说啊……”

朝野渐渐放慢了速度，然后大踏步走起来。她以我为圆心画了一只半径三米的圆一圈圈转，连我都要被她转晕了。

“反正我是不相信的哦！”

朝野总算停了下来。她一边动着肩膀大口喘息，一边开始用脖子上挂的毛巾擦去脸上的汗滴。

“都是那女人说的！她说你，不不不，说最近有个带小猴子来散步的家伙，前几天，偷偷摸摸跑到边上一栋公寓楼的后边，想要偷人家的内衣！”

“啊？”

“说的就是你……”

“我、我不过就是捡了掉在路上的T恤，给人家还到阳台上去罢了。”

“我就说嘛！就猜到是这么回事儿！那些个家庭主妇啊，闲得无聊就知道嚼舌根，还真不能信她们！”

朝野急着重新开始中断的路跑，已经做起了拉伸运动。害她停了这么久我也过意不去，于是低下头说了句：“那我也去上班了。”“我说你也别往心里去，不过换成是我，这段时间大概就先不露脸了。你也是聪明人，那些当主妇的最好别去惹她们！”她笑着嘱咐我，抬了抬手，便朝第二球技场正门的方向跑了过去。

在日比谷公园和那女人碰头后，被她带去的画廊里，展出的尽是些很日常的风景照。那天，她给我的印象和平时不太一样，因为没穿裙子，穿了一条西裤。我也犹豫过要不要赞一声“很配你”，但又觉得不说反而近期更有概率再看到这身装束，所以故意把话咽了回去。在银座的大路边顺着楼梯下到地下的时候，我问她：“对摄影很感兴趣？”她却只回了一句“也不是”，一边用那修长的手指抚过白色的墙壁，一边一阶一阶慢悠悠地走下窄小的楼梯。地下那间总共也没多大的画廊，被雪白的墙壁包围，感觉很是压抑。除了我们以外也看不到其他来看展的人，一个负责接待的女孩，正百无聊赖地剥着手指甲上的死皮。

展出的作品也不是什么特别新奇的东西，假如翻翻自家相册，说不定能找出一两张类似的照片，有的是从二楼的窗户拍出的一片看不出任何异样的住宅区，有的是在一大片远远有新干线开过的田园风光里建造在一起的几十栋民宅，还有就是小河旁边的村落，高坡上远远望见的变电站什么的……

“对摄影没兴趣，怎么会想来看这个展？难道有什么特殊的理由？”

在我旁边，她两手背在身后，伸着下巴抬头看着那些照片。对于我的提问，只是默不作声地摇了摇头。她每每兴趣缺缺地看完一幅作品，就会故意撞一下站在身边的我，逼我挪到下一幅作品前。我这时才第一次注意到，她脸颊边从耳朵下面延伸出的下颚线上有一颗痣。那颗痣颜色很淡，藏在下颚后面若隐若现，长的地方有些尴尬。

“我啊，就是在这里出生的。”

“什么？”

她指着面前的一张照片。那上面拍着一条随便什么地方都能看到的、在居民区里通公交车的车道，车站前面映现出一块“杉浦妇产科”的老招牌。招牌隐在车道最最里面的地方，要不是她用手指出来，我几乎都不会注意到。

“这里？您是说，您是在这家医院出生的？”

“没错，杉浦妇产科。”

“那您家，就在这附近？”

“我父母家就在那边。”

她哗一转身，指着背后墙上挂的另一幅照片。那上面，在一大片远远有新干线开过的田园风光里，拍出了几十栋建在一起的民宅。

“在这照片里吗？”

“就一小块屋顶。看到没，就是那块绿绿的。”

“现在也有谁住吗？父母还住那儿吗？”

“我上高中的时候就搬出去了，现在应该住了别的人吧。对了对了，这河对面有家医院，能看到吗？我以前三天两头往那里跑。没办法，小时候有哮喘。”

经她这么一说，我突然就开了窍。在这之前完全没往心里去，这儿每一张风景照里都必定有一家小小的医院。

“啊！这个展的作品，原来是这意思！”

“你说这意思，是什么意思？”

“……嗯，我也说不清楚……”

她又撞了我一下，催我挪到下一幅作品前。

“难道说这里这些照片，全都是……你的家乡？”

“哟！原来你这人，也是会用‘你’来称呼别人的啊！”

“……顺口就说出来了。再说了，也一直不知道您叫什么名字……”

她滴溜一下转了下脚跟，走进了里面的小房间。我慢了几秒赶在她身后，又追问了一次：“是不是这样？”她点点头：“看样子是这样呢。这些地方我全都有印象。”

“该不会，您认识摄影师吧？”

“怎么可能?！也就是在杂志上看到了刚才那张‘杉浦妇产科’的照片，所以想来看看。”

“这地方是哪里？”

“秋田县一个叫角馆的地方。没听过吧？”

“啊！原来是那里，我去过！”

“啊？真的假的?!”

她回荡在画廊里的声音，就好像正从眼前这些作品的画面里，不断远去不断消弭。

“呃，那个……其实也不是真去过，说出来大概有点可笑，网上有一个让‘自己的替身’出去旅游的小游戏，现在我的替身在佛罗伦萨，以前我让它在国内旅游的时候，曾经去秋田看过‘竿灯节’，之后又去了田泽湖。角馆是在田泽湖边上吧？……所以，现实当中当然没有真的去过……”

她听我解释的时候始终不解地歪着头。我突然觉得，说再多好像也不顶用，于是干脆地结束了这段对话：“总之就是在照片啦图片上面看到过。”她也不知道是不是接受了我的解释，看上去还挺高兴：“这样啊。没想到你居然还知道我家乡！”

在转了一圈看完所有作品后，我再次和她肩并肩，步履悠长地迈上了那段刚刚走下来的窄小楼梯。上到中段时，她突然停下步子，用高跟鞋的鞋尖轻轻踢打了好几次阶梯。我也跟着停下来，看着她的侧脸，她像从鼻子里吐气似的“哼”了一声，又突然重重点了下头，接着忽就抬起脸盯视着我，喃喃自语：“想好了……就这样，定了！”

“啊？”

一瞬，我怔了一下，之后立刻冲她喊出了声，可她已经抬步往楼梯上面走，此时此刻，那背影就像一阵飓风刮走了一些什么东西，诸如“定了什么？”之类的问题，在问出口之前似乎就已经被弹了回来，那背影里透着一种肝胆盘踞稳若磐石般的决绝。我追在她后面跑上楼梯，在回到熙熙攘攘的大路边的那一刹那，感觉就像几分钟前看到的那些风景里的东西，忽然在我面前动了起来。她就在那中间忽地停下脚步，“哗”一下转向我，伸出食指，右？左？指了指两边的路。我伸手指向自己身后，她轻轻抬起一只手“拜拜”便转身迈起了步子。大概是因为第一次在公园以外的地方道别，我目送了一会儿她的背影，莫名就有一种感觉，觉得可能再也见不到了，我也懒得理会周围人的目光，一声“等等！”叫住了她。她在人群的另一边回过了头。但一个男人迎面走来，脸挡在我面前，所以看不清她的样子。

“明天，一定要继续到公园来哦！”

听到我的呼喊，周围人齐刷刷地把脸转向了这边。在人来人往的前方，一双细长的眼睛一闪而逝。那一瞬，她看上去似乎是在点头，但接着就径直消失在了人群里。我背朝她消失的方向，一个人迈开步子朝公园走起来，耳边忽然响起了她最后那句低语：“想好了……就这样，定了！”感觉上，就好像连我自己，也在这一刻，决定了一些什么。

Flowers

头一次见到那个人——望月元旦的时候，第一眼就被他吸了过去。因为他让我想起比我大四岁的堂哥幸之介。相像的不是脸，而是身体的质感，如果要打比方，类似于羽毛。风一吹会飘起，过一会儿又会落下。这两人给我的，都是这样一种感觉。

上班报到那天早上，在老婆鞠子的目送下，我从帝国饭店出发前往工作的地方。鞠子也下了楼来到富雅气派的酒店大堂，轻松随意得就像系上条围裙下一秒就可以擦手一样，就因为她照着平时的习惯说了声“路上当心”，害我在那些提着密码箱的外国人之间穿来穿去、踩着厚地毯走出酒店大门的时候，多少有些不好意思。我回了回头，鞠子让门卫给她开了门，一直走到涂着黑漆的豪华专车齐刷刷排成一列的停车区，正不紧不慢地冲我挥着手。

终于要在东京开始新生活了，最开始这几天不如就挥霍一把，就这样，我俩掏空所有积蓄住进了这座帝国饭店。找工作，租房子，我们买遍各种资讯杂志，裹在绵软舒柔的毛巾浴衣里，用一个星期的时间定下了这一切。

那天早晨，我先绕着日比谷公园走了一圈，然后才去坐了地铁。我来到两天前刚刚录用我的饮料配送公司，照他们说的从沿河的后门进到里面，去二楼办公室打了卡。给我面试的老板已经等在那里，问："搬去公寓了？""说是要检修，最快也要后天才能住进去！"我说着，把手伸进袖子穿上了那件崭新的工作服。看样子，其他员工已经去了停车场开始装货。

"这么说，还得在酒店住到后天？要多花不少钱吧！"

"这辈子也就这么一次！"

面试的时候我就在想：对于我这么个在简历电话栏里留了帝国饭店号码的家伙，就算大家都是九州人，老板您也真敢用！

我在办公室里，又听他讲解了一遍工作内容，然后就跟老板去了停车场。穿过仓库时，我被从地上堆到天花板的啤酒箱吓得够呛，心里直打鼓，宅心仁厚的老板，为了让我不那么紧张，故意笑着跟我聊起了天。

“你那房子，就租在这附近吧？多少钱？”

“七万二。管理费另算。”

“帝国饭店只够住一晚吧？”

“也没您想的那么贵。不过住两晚是不够的。”

“……绝对是疯了！”

“我老婆天天晚上也这么说我。可她自己，在那大理石浴室里，一泡就是一个钟头，享受得不得了。今天早上出门的时候，还跟我说什么‘回来要喝啤酒的话，记得从外面买点回来！’。您也知道，那房间里的东西死贵死贵的！”

穿过仓库，就是一片铺着碎石子的开阔的停车场。在那里，我见到了望月元旦。那一瞬，我还以为是堂哥幸之介。沐浴在阳光下的他，屁股口袋里塞了条毛巾，正低低地哼着小曲往车上装货。他先从地上扛起一箱货，放到装货台上。接着单手一撑，呼一下飞身跃上装货台，再重新把货扛起来。

老板叫他的时候，他正好纵身跳下装货台，无比轻巧地落地站稳之后，看向这边露齿一笑。总觉得如果贸贸然靠过去，那人很可能就会离我而去。

“这是新来的石田。”

我站在把我介绍给他的老板身后，打了个招呼："请多指教。"他抬起一只手算是回礼，紧接着又扛起另一箱货。

"这家伙升上来没几天，一直都是个副手。"老板说。

"真的吗？"

"也就上星期吧，才刚把四号车交给他管。没错吧，元旦？"

"要我说，还是当副手来得省力！"他扛着一箱货回答说。

因为他眼睛看向我，所以我再次低了低头："还请多多指教。""我问你，你知不知道搞笑艺人穗积圭太做的那档深夜节目？"他问我。没头没脑极端唐突地改变话题，这一点也跟堂哥幸之介一模一样。

那是一档谈话节目，主要就是请一些非演艺圈的夫妇情侣，聊些男方出轨、女方性欲太旺不知道该怎么办之类俗不可耐的话题，借此吸引眼球。"你看过没？"那人盯着我的脸紧追不放，我只能回答："嗯，看过几次。""告诉你啊，我还上过那节目呢！"他说。

"是……吗……"

"下回给你看录像！"

元旦喜滋滋地笑起来，老板拍了拍他的肩：“那就交给你啦！”说着便消失了。于是他又哼起小曲，开始把货搬上装货台。我总不能一直干站着，便看样学样给他打起了下手。因为第一天上班，心里终究没底，胃那块地方郁积着一股紧张和不安，不过这一刻，这些紧张和不安似乎都变成了他哼唱的小曲中的音符，从嘴里散了出去。

堂哥幸之介比我大四岁，在九州老家小叔经营的卖墓碑的石材铺里帮工。我上高中那会儿，也在休假日去打过工挣过些零花钱。管事的小叔一到下午三点，过了日头最盛的时候就会跟我说：“还要回家做功课吧！”说着便把打零工的我放回家去。我坐幸之介的卡车一直到家门口，然后直奔进浴室冲一把冷水澡，洗掉满身的湿汗。接着，再用散发着太阳味道的毛巾擦干身子，换上干净的内衣，从壁橱里拿出枕头，跑到檐廊上。“今天去的是哪边子的墓园咯？”奶奶总会问些诸如此类的问题跟我搭话，我就支支吾吾应付着躺倒在地，刚刚从壁橱里拿出来的枕头，在脖子底下凉凉的。

“幸之介还没下班咯？”

“没。”

“奶奶这有晚饭吃，下回把他一道带回来咯！”

“哦。”

听着奶奶的声音，我基本每次都会睡过去。只要是在檐廊上睡午觉，总会做些很黄很色的梦。我爸妈在我很小的时候就过世了，遗像就摆在佛坛上，朝着厨房的方向。

有一次，我突然醒来，看到在一旁插花的奶奶停住了手，一直在看我。

“出啥事了？”我问。“没啥子事，就是有只蚊虫停你脖子上哩……好像有首诗就是这么写的咯……”奶奶歪过了头。

“诗？”

“……嗯，是的哩。对喽，想起来了！寂寂素无声，对坐望汝身，项间蚊一匹，唯吾知其存。”

“……明知道有蚊子，就快帮忙打死好不好?!”

奶奶面前，放着一只广口的插花盆和一束万年青。

“你要是毕业哩，也去跟幸之介一块干活咯？”

“应该是吧。”

奶奶“啪叽”一声剪去一段万年青的叶子。

“幸之介不让人省心，你也不让人省心咯……”

听着奶奶那一声叹息，我心里念叨着“又来了”，翻了个身。

就在前一年，幸之介搬出去一个人住了。照奶奶的说法就是：“这房子就算不是他自己的，好歹也是个大房子哩，干啥不听劝，非要搬到那神社的什么小仓库里去咯?!”幸之介搬去的那座神社，代代都由我们家管理，就建在俯瞰梯田的小山坡上，屋宇小小的，也没有坐镇的神官，有的只是一座褪了色的鸟居，和一只破破烂烂的功德箱。小时候，幸之介有事没事就把那功德箱推翻，想跟我炫耀他天不怕地不怕，可每回滚出来的都只有啤酒瓶盖和玻璃弹珠，到最后还得靠我把功德箱给扶起来。虽然奶奶总是笑着自嘲，说我们家祖上说的好听是管理，其实估计也就是个看门扫地的，但不管怎么说，这座年久失修的神社，是我和幸之介打闹嬉戏的宝地，仓库的钥匙也代代在我们家传了下来。

我听烦了奶奶的痴言怨语，抱起枕头从榻榻米上爬起来，原打算逃回自己房间，可不知怎么，却在摆弄鲜花的奶奶面前盘腿坐了下来。广口的插花盆里装着满满一盆水，万年青碧绿碧绿的叶子被插进了水里。奶奶的那双手，幽静得有些不可思议。

“你也帮奶奶劝劝幸之介哩，叫他快点搬回来咯！”

“劝了他能听吗？”

“那种地方，能住人吗？！”

我伸出手想碰一碰插花盆里的水，奶奶无情地拍开了我的手指。

那地方虽说是仓库，但因为铺上了自家搬过去的榻榻米，所以走进去其实和普通房子没什么两样。唯一麻烦的就是上厕所，如果是解小手，只消对着鸟居浇两下也就完事了，可如果要解大手，就只能捂着屁股冲下山坡，狂奔到我和奶奶住的地方。虽然说平时走走用不了三十秒，但若真碰上心急火燎的情况，人出现的时候脸都绿了。而等到幸之介从厕所出来，就算没什么事，也一定会跑上二楼赖到我房间里，吸两三根烟再回去。有一次，他来的时候，表情前所未有地严肃，我问他：“拉肚子了？”他却扑通一声往床上一横，嘴里念叨着：“你说，自己一个人死掉，和自己一个人活着，哪个更可怕？”那一年我正好高中毕业，所以幸之介应该也就二十二岁。

“到底还是疯哩？都是住神社住出来的吧！”

见我没正经回答他，幸之介很快就恢复了嬉皮笑脸的样子："对了对了，下星期，来帮我装纱窗咯！"他说着从床上爬起来，发出一阵巨大的声响跑下了楼。

神社后面有片灌木丛，蚊子特别多，一到夏天，那一带就会开出大片大片白色的长萼石竹。虽然我们也知道奶奶有时会去那一带摘花，但我俩想解手的时候，还是会毫不留情地踩倒一大片花丛，叉开两腿弄脏那块地方。

和搬墓碑比起来，在东京刚上手的这份送饮料的工作真是轻松得多。我的任务就是跟车给元旦当副手，我们主要在新宿区这一带兜兜转转，去餐厅酒馆和大学食堂送货。卡车开在路上，元旦还会给我介绍东京的各种地方："那就是东京政府！""沿这条路一直跑，就能跑到原宿了！"

没记错的话，应该是我刚开始干这工作还没到一个星期的时候。那会儿虽然已经搬进了小公寓，但托人从老家寄来的东西都还装在纸箱里没理出来。那天，我们把卡车停进了新宿区一所大学的地下停车场，开始从装货台上一箱一箱把货卸下来，元旦突然就向我发出了邀请：“今天晚上，到我家来看录像吧！”他说的录像大概就是穗积圭太的那期节目。在他驾驶座的后面，就放着节目播映那天的报纸，跟一些空罐子和脏毛巾堆在一起，我第一次坐这车的时候，他就给我看了报纸上的电视节目表：“看，没骗你吧，我可是真上过节目的！”那上面写着：“无脑巨根男 VS 性荷尔蒙过剩女。”看的时候到底是笑好，还是不笑好，实在让我纠结了很久。

我们一边往手推车上堆放学校食堂用的货，元旦一边对我说：“把你老婆也带来吧！”我随口应道：“知道了。”然后又问，“学生休息区的货要不要一起堆上去？”

“休息区用的一会儿再说，现在也堆不下吧？”

“等下还要再回来，不麻烦吗？”

“反正是你回来，我不麻烦。”

这所大学的校区里，包括食堂在内，有十七个地方放了自动售货机。我们必须用手推车从地下停车场把罐装果汁运过去，这地方的电梯就跟星期天的百货商场似的每一层都要停，而且走廊上成群扎堆的学生，不喊上两嗓子都不会主动让道。不过，只要我和元旦一起推着手推车穿过长长的走廊，进到食堂里面，接下去就好办了，只需要往自动售货机里机械性地填补果汁就可以。

这一块工作结束后，元旦当即一声“歇会儿！”一屁股坐在了休息区的椅子上。而我这个不怎么能干的副手，也完全不知道考虑接下去时间够不够用的问题，就跟他一起点起了一支烟。他漫不经心地告诉我，那个跟他一起上穗积圭太节目的女人，就是在这里认识的。我看了看周围，大概因为还是上午，时间比较早，休息区里空空荡荡。

那天，我下了班先回了一次家，然后拖着一脸嫌麻烦的鞠子，一起去了一站路开外的元旦的家。我照他说的在理发店前面右转之后，看到路的尽头出现了一栋颇有些年头的老宅子。我一边思忖不太可能是这里吧，一边上前看了看门口贴的姓名牌，只见一块刻着“加山”两字的做工考究的名牌下面，用两枚图钉固定着一张小纸片，上面写着“望月元旦”。

这年代已经很少见了，他居然在独栋房子的里屋租下了一个小居室。我们正打算去推正门，边上像是厨房的小窗那儿，一位温文尔雅的老太太露出脸来，告诉我们：“您二位要找望月先生的话，从后面走比较快哦！”

于是，我们穿过那片赤松打理得特别齐整的庭院，檐廊上改建出来的木门就那样敞开着，我朝里面张望了一眼，元旦好像刚洗完澡，只穿了一条短裤，正在那里专心致志地擦头发。

“那个……我们来了……”

我朝他盘腿而坐的背影打了个招呼。他噌一下反弓着背，头朝后仰转过来，招了招手：“哟，来啦？快进来、快进来！”鞠子刚看了一眼，就跟我小声嘀咕：“哪里像幸之介了?!”我一边介绍鞠子，一边在檐廊边脱鞋，元旦拉过一条裤子把腿伸了进去，说了句任谁听到都知道是在客套的恭维：“你老婆真漂亮啊！”

鞠子并不属于那种第一眼美女。不过，会越看越漂亮，有一种类似梅花的蓄敛的气质。

“您住的地方可真够怪的！”

在鞠子看来，分寸是让别人注意的，而不是自己注意的。我赶紧瞪了她一眼。

“我又没说错，本来就很怪嘛！”

“没错，就是怪。因为我就喜欢找这些怪地方。”元旦说。

“您喜欢这样的房子？”

“也说不上喜不喜欢，就是带了个雅格……”

我和鞠子循着元旦的视线看过去，诧异地对望了一眼。在摆放装饰的雅格里，一只细细长长的花瓶中，高高插着几朵菖蒲。

“插花？您自己弄的？”

“嗯，我自己搞的。就是随便插插。也没正儿八经学过，自己玩玩、玩玩而已。”

“您倒是挺特别的。好像很少有男人搞花艺呢。不过，我们家这人，别看他这副样子，对花倒还挺懂行。”

“你是说石田？他也会插花？”

为了躲开元旦那双惊讶得有点夸张的眼睛，我再次把目光投向了那一小片雅格。

“也说不上会不会，就是以前在老家跟奶奶一块儿住，老人家经常会摆弄些花花草草的，我自己也学着玩过一阵，但很快就厌了……不过，摆弄起来倒有点像做模型，是挺开心的对吧？”

我看着那高高挺立的菖蒲，看着看着便想起了奶奶的家。那房子在我们决定来东京的时候拆了，结了婚的幸之介和他父母一起造起了一栋小楼，两家人住在一块儿。新房子是西式的，想必是不会有什么雅格了。

以前，我曾经在奶奶插花的时候问过她：“这雅格，就是专门放花的地方？”奶奶回：“这雅格哪，就是一户人家的闲心思哩！”

“闲心思？我觉着一点用处都没有。”

“这闲心思哪，就是没用的哩！”

奶奶说着，插了一朵单枝的白山茶，任它装点在雅格里。

我和鞠子是来东京的前一年结的婚。从鞠子她爸喝醉酒打了我一拳的定亲仪式，到平安阁那场一切从俭的婚礼，之所以紧赶慢赶匆匆搞定，就是因为我们想让奶奶安安心心走得了无牵挂。这里的我们，不是我和鞠子，而是我和幸之介。在医生告诉我们奶奶得了肝癌、只能等死的第二天，我们一起去了医院：“奶奶啊，您两腿一蹬之前还有什么心愿没？”我们告诉她什么都可以为她做，像平常一样跟她嘻嘻哈哈，一言一行都拿出百万分的仔细，不让她发现这其实并不只是玩笑。那时看上去还很精神的奶奶，有气无力地笑了笑：“想参加你们两个小鬼的婚礼咯！”这时，坐在邻床的幸之介突然就没头没脑地来了一句：“奶奶就是奶奶！一说一个准！”说着还拍了拍我的肩，“今天来就是为了跟您说这事！我和这家伙，下个月就要结婚了！”

奶奶一开始怎么都不信，可因为幸之介说得头头是道，最后她终于一脸严肃地拿我们两个的脸左左右右对比着看了半晌：“人家女方的家长都同意了咯？”

一踏出奶奶的病房，我就怪幸之介开这么没谱的玩笑。可他倒镇定自若：“反正我早晚也要娶小惠。管你是下个月，还是明年，不都一样?！你也快跟人家鞠子结婚！”

幸之介的口气就像是在责问：奶奶都掉河里了，难道你见死不救?！

“你说得倒轻松……”

不过在那之后的第二天，我到底还是答应了。我也确实想着迟早要跟鞠子结婚，何况我高中毕业，和幸之介在同一家石材铺帮工也有四年，工作已经做得得心应手，最重要的是鞠子也盼着早点过门。也算运气好，平安阁正好有人取消酒宴，我们两对新人就这样顺顺利利地办完了婚礼。奶奶特意订做了一条新的和服腰带，坐着轮椅参加了仪式。那之后，反反复复好几次住院出院，就在同一年秋天，奶奶的身体突然变轻了，就像消失在空气中一般故去了。我没有看到幸之介哭。当然，我也没有在他面前哭。我从市内的火葬场，抱着奶奶的遗骨回了家。我帮鞠子脱下丧服后，信步在家里走了一圈。檐廊边有一只应该是奶奶放的浅浅的竹篓，里面盛着白菜、罗汉橙和金橘。不知道是不是为了装饰，边上还附着一枝芒草。

其实，辞了小叔家的石材铺跑来东京并不是我的意思，而是鞠子突然说要进东京的一个剧团做什么喜剧演员。她从老家寄了照片和简历，居然被世田谷一家听都没听过的剧团选上了。想想我和她也不过刚满二十二，而我这边，指手画脚说东道西的爸妈也都去了另一个世界。一天一天，搬着那些死沉死沉的墓碑，有时候也会突然想要轻飘飘地飞一下。就这样我搭着鞠子嘴巴里跑的火车，来到了东京。

在看元旦参演的那期节目之前，我们叫了个比萨。时钟已经转过十点，为了不让送外卖的小哥吵醒年迈的房东夫妇，元旦特意提前十五分钟去正门口等着。留在房间里的我，对着同样无所事事的鞠子，玩起了摔跤的游戏。我使出一招“锁脖”把她的头夹在腋下一点点施力，问她：“痛不痛？痛不痛？受不了了吧？”她跟平时一样，快不行了还嘴硬：“差得远呢！一点都不痛！早得很！”

我们三人一边吃着比萨，一边在电视机前坐成一排。屏幕上出现了搞笑艺人穗积圭太和助理小妹，开始介绍本周登场嘉宾。在那座模拟龙宫的布景中，居然真摆了一排鱼缸，灯光映照下的蓝色热带鱼成群结队游来游去。龙宫门打开了，元旦和他女友手牵手出现在门后。

“多久以前录的呀？”

鞠子坐在电视机前问，元旦答：“半年前。”这两人从见面到这会儿才不过一小时，可看上去就像一对两小无猜的青梅竹马，两人的嘴唇都泛着比萨的油光。

“您女朋友，还真是个大美女！”

为了不从对话中掉队，我也插了一嘴。

“还真是，她头发怎么这么漂亮……”

“上这节目，拿没拿什么出场费？”

“抠得很，连车费都没给！”

也不知道他是第几次看这录像，对于出现在屏幕上的他自己，元旦看得热烈而专注。

“您跟这女孩谈了很久吗？”

“你说里美？早分了！上完这节目，没多久就分了。”

“哦，这样啊……”

节目内容彻头彻尾是在羞辱元旦，几乎到了让人难以置信的地步，但鉴于看节目的本尊在那里笑得没心没肺，我和鞠子自然也不能不笑。那节目，名义上大概算是谈心，那个叫里美的前女友，一会儿笑元旦不认字，一会儿数落他没常识，对他百般讥讽。

“最开始吓到我那次哦，就是跟他一起到涩谷去买东西呀，那时候帕柯商场墙壁上正好写着‘Christmas Sale’（圣诞大促），他就在嘴里很小声地念叨什么‘查、理、斯托马斯？’，我说都什么时代了，这圣诞节的英文应该连小学生都会念吧？！”

嘴里叼着比萨的元旦，这会儿正盯着屏幕上那个低着头看上去很不好意思的他自己。不光是这样，也不知道有什么好笑，他还跟着演播厅里的观众一起乐呵呵地傻笑起来。鞠子跟我一样，也不确定是不是该笑，正小心地窥看元旦的神情。

“而且他这个人，真的一点常识都没有呀！就连那些算命会用到的汉字，有时候他都会读不出来……算个数字什么的，别提有多慢了！”

屏幕上，穗积圭太终于打断了从刚刚到现在一直在奚落元旦的前女友。

“你也别尽挑糗事说嘛！总有那么些拿得出手的地方是不？否则，你也不会跟这男人在一块儿了是吧?!”

我和鞠子笑容早已僵在了脸上，听到这话总算松了口气。

“他那个……他那地方，特别大。”

我们两个好容易吐出来的气，结果又都吸了回去。鞠子一口比萨卡在了喉咙口，元旦拿起纸巾递给不停咳嗽的她，还朝她轻快地一笑。

“也、也没她说得那么夸张。”

屏幕上的元旦，终于第一次开了口。

“不要谦虚嘛！你女朋友都说很壮观，人家都离不开你了。”

“普通得很。普普通通。”

视线紧盯屏幕两眼几乎快嵌进去的元旦，回转头对着我们，露出了一个愈加意味深长的笑容。我和鞠子不用说，两个人都退缩了。那之后对话还在继续，但我已经没了记忆。等我重新有记忆时，就看到屏幕上，元旦被穗积圭太牵着手，引到舞台的一个小角落，背朝观众席拉下了裤子拉链。紧接着，观摩过元旦之物的穗积圭太尖着嗓音故意引沸观众：“这伟岸得跟马一样！我说你这女人倒也厉害，被这玩意儿戳了都还没事儿人似的！”面对自己拉下裤链的背影，元旦只是默默看着。屏幕右下角，从节目半当中开始就一直挂着“无脑巨根男”这几个字。

终于到了插播广告的段落，直到这一刻时间才又正常走起来。元旦没有把广告快进过去。他似乎在等我们发表感想，鞠子畏畏缩缩地开了口：“这、这节目的台词都是事先定好的对吧？”“不是啊，都是临场发挥。连排练都没有。”元旦面不改色地回答。

“真、真不错。能有那么壮观的家伙……羡、真羡慕您。”

“哈哈哈，普普通通啦。真没什么。”

看这样子，他居然是真心感到高兴。我顿时呆住了，脑子里怎么也蹦不出其他的话。可要命的是，他好像还想听我们说说对节目的感想，视线一直没有从我和鞠子的脸上移开。

“你、你俩关系真好，所以你女朋友连这些都敢说。”

鞠子竟然也说起了客套话，够稀罕。

“这些是指？”

“哦，就是那个……”

我是很想救她，可到底有心无力。沉默就像麦芽糖越拖越长，我们三个人互看着，都在等着别人开口说话。

“我们家这个，就是个和风款。”

最后还是鞠子，没能敌过漫长的沉默。

“和风款？”

“嗯。和风款的小弟弟。”

节目进入了抽签送海外游的环节，元旦和前女友都没有抽到。

在去送货的卡车里，有一次元旦突然问我：“每天每天，都绕一样的路转，会不会觉得有一种被弹飞出去的感觉？”那时，我们正在去新大久保的居酒屋的路上。我稍微有点抓不住他说的感觉，反问道：“怎么个弹飞法？”可他倒好，略微沉思了一会儿，很快就把话题抛开了：“你问我，我也说不上来。”我也稍稍想了想。眼前浮现出这样的画面：原本绕着地球一圈圈转的人造卫星，突然一下子没了力气，一边叨叨着“我先跑了啊”，一边脱离地球引力飞向宇宙的另一边……我觉得说不定，他要传达的正是这样一种感受，但我没有跟他确认。

每次只要开始送货，挂在脖子上的毛巾，一大早就会染上汗臭。因为车窗一路开着，气味倒不至于闷在车里，但一旦停下车等红绿灯，臭气就会像蒸汽一样升腾而起。汗液这东西每个人都带着不同的气味。流动在鼻尖处的味道，究竟来自元旦还是我自己，大凡可以分辨出来。

元旦曾给我指出过，说我坐在副驾时，手里总喜欢捏着某一样东西。有时是夹在送货单上的小夹子，有时是偶然捡到的一百块硬币，不同的日子捏的东西虽不一样，但我确实有这样的癖好，总喜欢在手掌里把玩些什么。不只是送货的路上，在家看电视，或者跟鞠子说话的时候，我都会不自觉地拿起手边的东西，在掌心里翻来转去，有时还会对着天花板扔两下，不管是桌上放的打火机或笔，还是指甲油或葡萄酒的软木塞，只要是掌心大小的东西来者不拒。我可以拿着一卷胶带像手镯那样套在手腕上，把玩近一个小时。鞠子说我："就跟小毛头喜欢吮东西一个样。"她倒没有因为这个责难过我，不过只有在我拿起剪刀的时候，会被她说："别玩那东西，你是没什么，在边上看的人心里发慌！"

给元旦跟车当副手就快一个月了。我差不多也摸清了他的一些套路，就比如吃午饭，进了荞麦面店他会点亲子盖饭，进了拉面店他会点炒饭，不带丝毫犹豫。而我和他的关系也亲近了些，在鞠子因为剧团排练晚归的日子，下班后也会一起喝一杯再回。不过，我一点都不觉得我和他已经亲密到可以被对方叫去乱交的程度。

那天，我们在初台的一家加油站加油。元旦忽然就约我："今天有空没？来我家玩玩嘛。"他刚说完这句话，副驾一侧的窗户外就飞进一只硕大的蜜蜂，我记得我们俩都手忙脚乱地逃到了车外。那蜜蜂足有小孩子的拇指那么大，它在方向盘周围盘旋几圈后，停在了手刹上。因为我和元旦都拿着毛巾当武器，从驾驶席和副驾两个方向试图把它打出去，结果被硬生生断了后路的蜜蜂，发狂似的东飞西蹿。加油站的人也注意到了这边的突发状况，拿了瓶杀虫剂正朝这边走过来，不想那只蜜蜂却自己飞跑了，停在了"洗车打折特惠"的广告牌边那一簇有红有黄、看上去就很廉价的假花上。

加完油重新回到车里，元旦突然没头没脑地问我："你小子，有没有搞过外遇？""没。"我实话实说。

"难道不想搞一次试试？"

"倒不是想不想的问题，说了不怕元旦哥你笑话，我跟我老婆在一起就已经很快活了。"

可惜在他耳朵里，这恐怕只是一句玩笑而已。

那天晚上，我被元旦半拉半拽地带去了他家。打开檐廊改建的木门，里面有个女人。她背朝这边，拿坐垫当枕头似乎正在睡觉。女人穿一身红色连衣裙，背后的拉链下拉到了一半。

元旦轻声嘱咐我别出声，然后用壁虎一样的姿势，在青绿色的榻榻米上爬到女人身边。他那双白色袜子的足底，脏得够呛。元旦绕到女人脚边，一边哧溜哧溜地舔她的小腿，一边抬起眼睛看向这边猥琐地一笑，冲我招招手："快进来！"

女人坐起了身，脸在荧光灯的光亮中明晰可见。那张脸绝对在哪儿见过。女人对我，视而不见。她的手指轻抚着元旦的下巴，而他的舌头则一路追着那根手指。

我脱了鞋关上木门，房里传来一股甜腻的花香。虽然早已注意到，但我故意没有去看雅格里装饰的花。不过，直觉告诉我应该是类似卷丹百合那一类的大朵花卉，我想象着花瓣里侧，花药上的花粉散发着饱满而成熟的香气。

接下去究竟会发生什么，我到底该扮演什么样的角色，没有任何指示。我反手握着木门上的圆把手，杵在那里，元旦又一次冲我招起了手。我故作镇定，强装冷淡地朝两人走去。

女人修长的手指，像蜘蛛一般爬过青绿色的榻榻米，登上了我的脚背。那一刻，她的头发铺散在草席上。我目光躲向别处时，瞥见了那一方雅格。装点在那里的，是赤红色的马蹄莲。

在呆立不动的我的脚边，女人开始用一根黑色绳子捆扎起元旦的性器。没有任何说明，极端突兀便开始了。女人用细长的手指，推起他勃起的性器，在根部牢牢扎紧。绳子从睾丸后方绕过，缠了两圈打了个结。性器薄薄的皮肤上血管一根根暴起，被捆住的睾丸活像两颗葡萄。可以感觉到，女人的鼻息每每罩在他的性器上时，那东西都会颤悠悠地抽搐一下。女人撅起的屁股上，渗着一层细密的汗珠。

女人抬起双眼径直注视着我。我的手指就被捏在她的手里，整个人由她拉着坐了下去。我弯着膝盖两腿分跨在她脸的两侧，一时间竟和元旦面面相对。

下一秒，元旦的手，被放上了我的肩头。那手出奇地重。女人的手指，轻缓地拉下我的裤链。被揉搓，被吮吸，眨眼之间我便射了。白色的精液释放着兰麝的香气，飞溅到女人脸上。女人笑起来。那笑容就像沐浴在阳光下一般。那一瞬，我终于想了起来。这女人，确实见过。开一号车的永井主任，曾经一脸羞涩地给我看过一张照片：“跟我老婆去砧公园的时候拍的。”此刻，就在那张同事老婆野餐时露出的笑脸上，我却把我的精液喷溅了上去。

我落荒而逃，差一点踹裂那扇木门。在我身后，元旦那句“喂！关了门再走啊！”的吼叫紧跟着追了上来。我沿着铁轨一路狂奔，冲进了一座儿童公园。在一张长椅上坐下后，我闭上眼试图让自己冷静下来，但鼻子底下却传来了元旦房间里的花香。那一刻，身体的每一个细胞都变得异常敏感。就好像皮肤上涂了一层剃须膏，正有一把剃刀在一寸寸舔舐。我浑身赤裸着躺倒在理发店的椅子上，一个白衣女子正在我的性器上用剃须膏打着泡。我想要伸手遮住勃起的性器，手腕却被绑在椅子上动弹不得。性器上流淌下来的泡沫，一直滴坠到睾丸下面。剃刀的刀刃就在那东西上轻缓柔慢地舔舐而过。刃尖冰冷的触感，让身体最深处都激灵一下打了个寒战。

以前，我总喜欢趴在檐廊上，看着奶奶摆弄那些花。

说得简单点，插花的时候只要想着花器上有一只透明的球就好。花就插在球的里面。从花器往上方正中心伸展的花枝叫“真”枝，陪衬于真枝旁，朝阳面伸展的是为“副”，朝阴面伸展的是为“体”。一盆插花，便由这三根主枝构成。

有一次，奶奶把花递到我跟前：“想不想试试咯？”于是我懒洋洋地半躺在榻榻米上，出于好玩半真半假地插了起来。在把切口锋利的花茎插进水里的剑山上时，只觉咯吱一下指尖一紧。

“你那样子插，乱糟糟的，看得人心里不安生哩。”

“有吗？”

“你看，这个样子插，叶子背面露出来，才叫风雅咯。”

被拔出来的花枝，经由奶奶的手重新插成了另一种样子。我坐起身，盘着腿定定望了一会儿，确实不一样。

“风雅又是啥玩意儿？”

“什么啥玩意儿？！风雅就是风雅咯！还是这样看起来更凉快不是？”

“凉快了就风雅了？那样的话，电风扇啦空调啦是不是也可以说风雅？”

"电风扇、空调啥的，盯再久也不会觉着凉快，可冰块看一眼就凉快了。这就是不一样的地方咯！"

我记得，第一次插的花，应该是淡紫色的燕子花。

奶奶说过，花也讲性情，只要随了它的性情就好办了。也不知从什么时候开始，我躺在檐廊上，只要奶奶一开始弄花，我就忍不住要插上一手。我一边挠着被蚊子饱餐的脚，一边盘着腿摆弄那些花。奶奶是一星半点都没有要认真教我的意思，一看到我在自己用的花器里装好水坐到她身边，就会像给小孩子发玩具那样随便分给我一些花。而且她从来不会指手画脚，只是彻彻底底任由我在一边专心致志地插。不过，也有些时候，因为实在受不了我一而再、再而三地插下去拔起来，她也会开口教育我："你这男娃，执念也不浅咯。像你那样插了拔、拔了插，花会伤到的咯。"

就喜好而言，比起花菖蒲和燕子花那样的长叶植物，我更偏爱硬气的梅花和山茶那一类开在枝干上的花。必须说清楚的是，我从来没有自己一个人插过花，不过是在奶奶插的时候一起摆弄两下而已。我既没买过花，也没在园子里摘过。只有那么一次，奶奶住院那会儿我曾经一个人试着插了两下。奶奶说来探病的人送的花太多摆不下，让我带些回去，所以那天我就试着一个人在家插了插。我记得拿到的是深枫叶色的罂粟秋牡丹。这样也不对，那样也不对，一个人插插改改，忽然就涌起一阵孤单。最后我拿报纸包起那些花，一股脑扔进了垃圾桶。被浸湿的报纸的味道，留在手上很久都散不掉。

这世上有多少花，人就有多少情感。这句话也是从奶奶那儿听来的，有那么些时候，我隐隐约约会觉得大概还真是这样。

就在我像个影子一样插足元旦和永井主任老婆之间的情事后的第二天，星期六，我被鞠子不由分说地拉去四季酒店住了一晚。在帝国饭店挥金如土的那些日子，似乎让鞠子上了瘾。她结束剧团训练回到家，突然说一定要开车去，我只好央求老板借了公司的面包车。车后座上，七零八乱散落着一些工具和别的杂物。“这可是最后一次！”我强调。鞠子回应着“好好好，最后一次，下不为例”，跳上了副驾席。不过我到底没好意思把这脏兮兮的面包车堂而皇之地停到酒店正门口，所以就悄悄地开进了停车场。

我原打算把在元旦房间里发生的一切不包不藏全盘

交代清楚，可一进酒店房间，鞠子就催着要跟我一起泡澡，结果最要紧的部分就烂尾了。最后变成，我注意到那女人是永井主任的老婆，所以没进房间。交代完便和一脸愕然的鞠子一起，泡在了那缸放得满满的热水里。

“上次是跟年纪轻轻的女孩子上电视，这次又跟上司的老婆偷情?！我说你跟他同一辆车，但犯不着学他的样，知道不?！”

鞠子一边往我身上涂那块香味特别好闻的肥皂，一边叮嘱我。

“放心吧，绝对不会的。”

“你怎么知道不会?！”

“我可做不到他那样。跟人家老婆干那种事，在公司和永井主任打照面的时候，照样脸不红心不跳。换成我，绝对会写在脸上，必露马脚无疑。”

我和鞠子在公司附近租了间小公寓，打开门，房间边边角角一览无遗。不过，和住在拆毁前的奶奶家二楼的时候相比，我们相互之间有了更多身体上的接触。可就算这样，这也是鞠子第一次在浴室里帮我洗身体。

“不过，那样的人说不定还挺多呢！”

“什么样的人？”

我从鞠子手里抢过肥皂，在她湿润的乳房上打起泡来。

“就是白天和晚上，有两张面孔的人。说白了就是双重人格。”

“我倒觉得他不是那种人。就是有点让人捉摸不透，抓不住。”

“所以说是双重人格嘛！”

“你这次要排的戏演的就是那些东西，所以才会这么说。”

“才没有呢！这次的戏确实跟那有点关系……可我说的是另一回事好不好！”

“不，肯定就是因为你要演的戏。说起来，我们平时说双重人格，都是一好一坏、一表一里对吧？那你说会不会有两个都是好人的双重人格？就是表里都是好人。”

“那样的话，就不能叫双重人格了吧！”

“类型不一样嘛。两种类型的好人，一表一里。”

“那还真挺头疼的。这种角色叫人怎么塑造嘛……”

她说着拧开水龙头，任由冰冷的水冲在背上。

“什么塑造不塑造的，你这次的角色，不就是上个台然后被人杀掉吗？”

“话是这么说，可如果杀我的是个好人，那多少会有点愤怒吧。但如果，杀我的本来就是个坏蛋，那就可以……怎么说呢……就可以投入角色，靠演技干干脆脆地死掉，不是吗？”

“原来还有这么多门道……不过话说回来，你这么个一心要当喜剧演员的人，怎么就去演死人了呢？”

“死人不也很搞笑吗？因为绝对不会笑啊！”

我出了浴缸，在玻璃围起的淋浴房里一边冲去身上的肥皂泡，一边问她：“我说，你今天，怎么会突然想要帮我洗澡？干吗对我那么好？”鞠子搪塞道：“没什么特别的意思。人家就是想对你好一点嘛！”

“你以为你这种鬼话，我会信吗？快说，有什么企图？”

鞠子裹着浴巾，对着镜子说：“你说，我们每个月一次，像今天这样住住酒店，好不好？”

我不理她，只管刷牙。在镜子里，她正绞尽脑汁摆出各种理由：你工资二十五万，我打工也有二十万不到，生活绰绰有余。我们俩也没什么特别花钱的爱好，平时又不赌博。每个月住一次豪华酒店奢侈一下也不是负担不起……

“贤惠的妻子，不是应该把这些钱存下来的吗？”

“存钱干什么呀？！我可是要当女明星的人！”

“是喜剧女演员吧。再说了，女明星就不存钱了？”

“怎么可能会存嘛！不都是一掷千金的吗？！”

我本来一直在苦恼，不知道星期一该顶着什么样的脸去跟元旦一起工作，但跟鞠子这样说说闹闹，心情忽然就轻松了。要是他再找我，就直接拒掉；要是不找，那就此了断。只要像以前一样，一边聊些白痴的话题一边跑完送货的路线就好。问题是，永井主任那边实在没脸见他……

跟鞠子在一起，有时会觉得整个身体都松了下来。那是一种和其他任何人在一起都体会不到的奇妙状态，我眼前浮现出了那颗脱离轨道的人造卫星，感觉不出丝毫干劲。

新的一周开始，元旦还是老样子，一边哼着跑调的小曲一边开始装早上的货，我试着发起进攻：“你到底什么居心？”可他哼着小曲，似乎并不是在强装镇定。他一脸诧异，往后缩了缩：“出什么事了？没头没脑的……”

“什么事？当然是星期五的事！那女人，是永井主任的老婆，对不对？”

为了不让在旁边车上装货的土谷他们听见，我故意压低了声音。可他竟好像真的已经忘记了，经我提醒才想起来似的小声叮咛我：“哦，那件事儿啊！你可别告诉别人！”

“我、我才不会说呢……这种事，怎么说得出口！”

“说的也是。你小子心满意足地飙了个尽兴，事到如今也不可能假正经充好人了。”

“问题不在这里好不好！”

这时，老板家的公子慎二拿着送货单从办公室走出来，对着我们就是一顿训斥：“别光顾着聊天，还不赶紧出发！”慎二身形魁梧，体格壮硕，对格斗类的竞技来者不拒，什么柔道、合气道，只要是带“道”字的都要学上两手。我进公司的时候，他这个二把手就已经在帮着老板打理各种事务。我和元旦暂时都没说话，一直到慎二走开为止。

“总有一天，肯定会被发现的！”我说着，把一箱货放上装货台。

“被谁发现？”元旦在装货台上一边把货拖过去，一边问。灌了铅的工作鞋，在装货台上踩出一阵沉重的闷响。

“被谁?! 当然是被永井主任!”

“怎么会?”

我使足力气用劲一推，那箱货冲元旦滑了过去，稳稳停在他脚边。有一定重量的东西，只要掌握好劲道，反倒比轻的东西更容易搬。

“总之一句话，你要是想找共犯，我是不会当的。你还是找别人吧。”

“我说你小子，犯不着想那么严重嘛。”

“那不就是心里会觉得不舒服嘛，跟认识的人的老婆做那种事……”

“是你想多了啦!”

“是你想少了好不好!”

“喂喂! 你可是给我跟车的，居然对大哥这么说话!”

办公室窗口那边，又传来慎二恼怒的呵斥：“元旦，听到没! 在那儿磨蹭什么! 还不快走!”元旦敷衍着回了一声：“知道啦。”接着又小声嘀咕，“我可不想跟那肌肉白痴搞不清楚。”说着，往地上吐出一口泛着白沫的唾液。

“对了，你小子听说没，永井主任跟我们这二把手，可是初中同学。”

“是吗？”

“想想也够憋屈的……要在同学手下讨生活。”

据元旦说，因为永井主任时不时叫他去吃晚饭，吃着吃着就跟主任老婆混熟了。有一次吃完饭，主任自己跑出去买烟。用他的原话：主任拍着天使的翅膀离开了家。而他老婆正在厨房洗碗，于是元旦跑过去假意帮忙，强行吻了她，就跟他料想的一样，主任老婆没有反抗。这两个人倒也不属于那种互生情愫、暗自恋慕的关系。元旦说，他俩接吻的时候，旁边的水龙头一直开着，水管里的水哗啦啦地流，冲在脏盘子上溅起的水花，把他的裤子都打湿了。下一个星期，元旦就把主任老婆约去了他家，从第二次开始，那女人便不请自来了。元旦最后总结道：“一个月过后，就提不起半点兴趣了，感觉像在看一个不会演戏的女演员，在台上哭完了笑，笑完了哭。”

这样的话要是换别人说，就算跟自己没关系听着也会叫人不舒服，可从元旦嘴里说出来，偏偏就会不可思议地让人觉得稀松平常。不过，一听到“女演员”这几个字，我眼前立刻浮现起了鞠子的脸。在已经开上路的卡车的中央后视镜上，挂着那只鞠子买给我的交通平安符。那段时间，鞠子一到星期天就会跟剧团团友结伴组队，在涩谷或新宿的车站前表演一些小短剧。

有那么一次，我瞒着她悄悄跑去车站看他们演戏，结果就看到我家那位小娇妻，居然装扮成金太郎，正全情投入地大战一头熊。

好像就是从那会儿起，我开始跑去元旦家，打发没有鞠子作伴的无所事事的星期天。但我绝对想不到的是，就在星期天傍晚，出门喝酒时间太早，又找不出其他事可做，只能和元旦两人插插花排解无聊的时候，有时永井主任会冷不丁露个面。来的时候还都提着六罐装的啤酒。

永井主任跟房东夫妇似乎早已相识，在院子里碰上老两口，还会跟他们打打招呼唠唠家常。但我第一次听到他声音的时候，惊得直接从榻榻米上蹦了起来。我以为主任发觉了出轨的事，找上门算账来了。其实只要稍微动动脑子，就应该知道跑到奸夫家算账的男人，决计不可能跟别人家的房东说什么“今天天气可好了，您二老不出门走走?”这样的话。可那时早已吓得魂飞魄散的我，一把抓住正在给日本百合梳理叶片的元旦的肩膀：“你、你快听！这声音是永井主任吧?!”

“哟，还真是。”

“什么‘哟，还真是’？！来的可是永井主任！”

“听说这周末，他老婆回娘家去了，八成是闲得慌吧。”

元旦不紧不慢，还在那里继续拔除百合上的杂叶。这些日本百合是房东院子里的，二老把多出来的匀给了我们。从敞开的木门那儿，永井主任探进了脑袋：“哎哟，石田也来啦！”他一眼便看到了我。说着，亮了亮手里的啤酒。

“我老婆回娘家去了，一个人待着实在无聊。”

主任说着在榻榻米上盘腿坐下，他坐的地方正是那晚他老婆大张着腿，急促喘息的地方。

“怎么，又在摆弄花花草草？”

主任给我和元旦各扔过来一罐啤酒，然后摸了摸花瓶：“值不少钱吧。”

“主任对陶瓷也很懂行吗？”

“没什么懂行的，就是觉得看着不便宜。”

“是找房东借的。说是‘信乐烧’，估计价格不会低。”

“石田，你站那儿发什么愣啊？”

被主任这么一说，我才意识到自己拿着那罐啤酒一直呆呆站着没动。什么找上门算账，老婆都被人睡了，可眼前这老公还在跟犯事的情夫讨论信乐烧花瓶。此刻尴尬的感觉，远远超过了那天在不知情的情况下把精液喷射到他老婆脸上的时候。

我一小口一小口抿着主任给我的啤酒，全神贯注听着两人的对话，看样子永井主任似乎真的半点不曾察觉元旦和他老婆之间的关系。没有显露出丝毫歉疚的元旦，态度那叫一个光明磊落，大概也因为一直盯着他那双手，看着它们宁静有序地把日本百合插入剑山，紧张的感觉终于渐渐缓和下来。

元旦和我一样，插花时也习惯盘腿坐。被阳光灼黑的手指，撩动着花器中的水，湿漉漉的指甲上滴下一颗颗水珠。指甲尖的部分里塞满污垢，黑乎乎的。我和永井主任，似在看又非在看，紧追着他摆弄花草的手指。

加作陪衬的箭尾芒，顺着檐廊一侧吹来的风，低垂下头摇来晃去。毫无缘由地，永井主任突然说起开连锁居酒屋的大客户跟公司解约的事。

“搞成那样，还不都是那肌肉白痴惹的祸?!”元旦说。

主任好像也知道肌肉白痴是指谁，鼻子里轻轻发出两声哼笑。

“那白痴，好像每次一搞砸，就把过错全往主任你身上推。”

元旦把散落一地的叶片包进报纸，一股脑扔进了垃圾桶。

我顿时回想起数天前的那次早会。那天早上，当着大伙的面，永井主任被慎二劈头盖脸且还没完没了地训责了一通不算，最后还被慎二用那根碰巧拿在手里的按摩棍，恶狠狠地砸了一下头。我那时本来半个人还在梦里，被那声音一震算是彻底醒了过来。依照慎二的说法，公司跟连锁居酒屋签的合同突然被解约，全部都是永井主任的错。他还粗暴地拽着主任的耳朵让他站到大伙跟前，一边吼着“快给我在所有人面前认错赔罪！”，一边硬生生地把主任低垂的脸强掰起来。“对不起。”永井主任小声说。慎二又怒喝：“鬼才听得见！”说句心里话，那情形真叫人看不下去。主任随即又说了一遍“对不起”，然后当着大家的面鞠了一躬。

虽说是场怎么看都让人不太愉快的闹剧，但我一直以为，确实是永井主任犯了错。可这会儿，听着元旦和主任一边插花一边闲聊，这事背后似乎另有隐情。

永井主任说：“在那件事上，那家伙也有那家伙的难处。我就是个给人打工的，可慎二毕竟是老板。就算大伙都看不起我，也没什么大问题，但如果打工的都看不起老板，那公司差不多也就完蛋了……”

元旦回：“这个跟那个没关系！明明就是被对方部长揪到了小辫子，被人解约都是那白痴惹的祸，我说的没错吧？”

“好了好了，别说了。石田也在呢。”

“没关系。他是自己人。”

他们两张脸突然就转向我这边，弄得我不知所措。看样子两人都在等我给出回应，这种时候总不能故意躲开视线，所以我只能一边察言观色，一边非常缓慢地点了点头。

“也真是怪丢人的。”

永井主任显得有些尴尬，我想也没想就问出了脑袋里陡然间冒出的问题。

“我能不能问问……慎二他，以前就喜欢那些打来打去的运动吗？”

“那倒没有。他小时候总被人欺负，动不动就哭鼻子。大概是物极必反吧。”

"主任您也欺负过他？"

"哈哈，谁还记得啊。更何况，你也看到了，我这会儿也只能这样找元旦发几句牢骚，哪有资格说什么狠话！"

永井主任给烟点上火，元旦取过烟灰缸递给他，接着又拿起插着日本百合的花器，郑重地装饰在雅格里。他退后一两步瞅了一会儿，转头看着我问："还算不错吧？""那片叶子，是不是有点多余？"我提了个意见，元旦一边嘀咕"你说哪片哪"，一边走向雅格。

"就是那片嘛。最上面那朵花那里，下面一点……不对不对，不是那个。"

我在榻榻米上爬过去，伸手指着花朵下方重重垂下的一枚叶片。

"被你这么一说，好像是有点多余。"

元旦直接用手拧下了那片叶子，低垂着脑袋的日本百合猛烈地晃了晃。他再一次退到远处验看起来，这回就连永井主任都开口了："可那片叶子拿掉以后，总感觉少了点什么。"

那之后好长一段时间，我们三人这也不是、那也不是地争论不休。或许一直以来，元旦就是像这样，一边听着永井主任发牢骚，一边插他的花。刚才被他们称为自己人我还真有点迟疑，可现在看着面前这两人用毫无章法的手摆花弄草的背影，我倒渐渐觉得这也算是件可以自豪的事吧。不过，元旦归根结底，还是在睡永井主任的老婆。对着这两个忙东忙西扯花弄草的背影，我终究还是居高临下地带上了俯视的眼光。

“仔细想想，花这东西，其实还挺色的。”元旦说。主任问：“为什么？”“因为这花瓣里有男也有女，两种性器官全都齐了嘛。”元旦回答的时候一直在笑。

出于一次从天而降的偶然，我曾在东京站撞见过永井主任的老婆。也记不清，从元旦家的那场密会之后，到底过了多久。那天，我去东京站接来京的幸之介。因为很久没见，我满心以为鞠子会跟我同去，可家里的电话机却进来一条她的留言，说什么“今天晚上大家一起吃饭，导演也来，去不了了。帮我跟幸之介问个好”。我是很想抱怨：不是两星期前就跟你打好招呼了吗……可到底还是憋住气忍了下来，最后一个人去了东京站。

那段时间，鞠子每晚都要跟剧团的人一家店一家店地轮着喝酒，有时甚至会被两三个男人架着回来。我箭步冲到门口，对她吼：“你以为现在几点啊！”却被她吼回来：“不会自己去看表啊！”有那么一次，因为实在晚得过分，我撩起手敲了她的头，搀扶她的那几个男人赶紧上来劝阻：“打也打了，您就原谅她这次吧。我们也不好，拉着她喝。对不起！”而被我敲了头的鞠子，忽然就没了气焰，“哇”一声哭崩了，还给出一段莫名其妙的注解：“我们家这人屁都不懂。一天到晚都在搬那些重得要死的东西，已经不知道怎么享乐了。”

说是这么说，可每月一次的豪华酒店夜，依然不顾我的意愿在被强制持续着。纪尾井町的新大谷饭店，虎门的大仓饭店，新宿的柏悦酒店，还有惠比寿的威斯汀酒店。住威斯汀那次，刚好碰到在那里兼职的一个初中同学到我们房间来送薯条，于是第二天早上等他下班后一起在酒店一楼的露台吃了早餐。他笑说：“干了这么久，还是第一次在这里吃东西。”他好像特别好奇我做什么工作，我告诉他“给送货的卡车当副手”，他露出一脸开什么玩笑的表情。紧接着，鞠子还异常周到地把我的收入说给他听，搞得他关切地问：“你该不是破罐子破摔吧？”

跟以前一样，只要和鞠子在一起，我就快活得不得了。不过，来东京之后她身上的那些变化，我多少也有察觉。她过去一直是布拉德·皮特的粉丝，后来在剧团团友的感召下，不知什么时候就一头栽进了法国导演路易·马勒的世界。如果是像皮特的《七宗罪》啦《末路狂花》之类的电影，陪她一起看看也挺有意思，可平日晚上干了一天体力劳动早就筋疲力尽，不管她怎么喘着大气给我讲解什么完美展现了厌世中年政治家的性幻想，什么精彩刻画了战时儿童敏感纤细的内心波动，我终究会败给滚滚袭来的倦意，这也非人力所能控制。但鞠子却管不了这么多，到最后还说什么“你和我，大概住在两个不同的世界”。在东京这间窄小的一居室房里，裂出的沟隙一天接一天越扩越大。鞠子她，希望我也做出一些改变，要我“放下那些沉重的负荷，轻盈跳跃着自由飞翔”。可我却很怕，怕自己一旦变成那样，就会像大海里浮起的气泡，无止无境地浮在那里，到最后只有破灭消亡。

那天，有恐飞症的幸之介，穿着他最贵重的衣服站在新干线东京站的站台上。他一看到我，就马上说着“这是我妈给你的，这是小惠给你的”，从纸袋里接二连三掏出好几份礼物。“放心我都会收的，急什么。”我打断了他，他回了句“说的也是”，把掏出来的东西又塞回了纸袋。“鞠子呢？”他问。“有事来不了。”我答。“你俩还好吧？”他关切道。“还行。”我含含糊糊搪塞了过去。这微妙的语感幸之介怕是领会不到的。他对着我的脸瞅了好一会儿，然后特别做作地拍了拍我的肩：“真好久没见了哪！”我立刻意识到他一定有什么很难开口的话要说。

“你跑来干什么哩？”

“来干什么？当然是来看看你咯！”

“看我？来来来，给你看个够。”

我一边走在从站台延伸下来的阶梯上，一边把脸凑到幸之介跟前，他露出了和从前一样的笑容。尽管幸之介只留一晚，我家还是没地方给他睡。因为正好到了吃晚饭的时间，所以我们决定先在车站大楼里吃个饭，吃完他再去新宿的宾馆。大楼一楼有个问询处，幸之介大模大样地走过去，问一个穿着浅桃红色制服的女接待员：“这楼里最最高档的餐厅是哪家？”女接待员强忍着把笑意咬杀在齿间，回绝他说：“不好意思，我们这里是交通问询处……”接着又说，“六楼和七楼是餐饮街，您可以到那边去打听一下。”

“还要吃高档餐厅，出息了咯！难不成墓碑卖火了，挣大钱了？”

“哪能啊！还不是老样子咯。”

我们坐电梯上到七楼，幸之介开始找最贵的店。有一家像是做怀石料理的日料餐厅，他眼看就要冲进去，我一把拽住他的胳膊：“省省吧，就吃旁边那家荞麦面好了。”可他却甩开我的手：“难得见一回，别那么小家子气！”我们穿过一片迷你日式庭园，坐进了榻榻米的客席。翻开菜单，连个盒饭式的套餐都要卖四千日币。

搭不了飞机的幸之介，大老远从九州坐新干线跑来带给我的消息，对我来说根本无关紧要，甚至可以说有那么点悲哀。他希望我把奶奶留下的那块挂在他和我名下的土地完全转卖给他。其实在那块地上，早就已经建起了幸之介一家两代人住的小楼。奶奶过世后，我决定随着鞠子的性子离开家跑来东京，那时幸之介就跟我说，想在那块地上造一栋房子跟父母一起住。我和他从小就像亲兄弟般一块儿长大，所以不说也知道，这绝对不是他的主意。只要奶奶那栋房子一拆，幸之介夫妇和他父母的小楼造起来，就必然不会再有我回去的地方。就跟人造卫星一样，一旦脱离轨道，便再也无法回到原先的位置。我明知如此，却没有表现出任何不开心，非常爽快就同意了。我觉得，这就是我离家来东京的应得的惩罚。虽然幸之介跟我说：“不管什么时候，想回来就回来！”可每次听到这话，我就会联想起他的父母在节假日开着那辆丰田卡罗拉，兜风到很远的地方去找那些好吃的拉面店的景象。

对着四千块的怀石盒饭，幸之介正在琢磨从哪里下筷，我故意语带讥讽地试探他：“这独吞土地的主意，是你出的咯？”他极少见地摆出一张欲言又止的脸，摇了摇头。那块地在乡下，就连一辆车都塞不进。就我而言，根本不是什么钱不钱的问题。

“我是无所谓的，还不就是小惠跟我妈……”

幸之介夹在筷子上的银杏，掉了下来。

“按小惠跟我妈的说法，我俩这一代是不打紧，但等到我俩有了孩子，他们那一代可就麻烦了。我俩的孩子，会不会像我俩这样合得来，谁也说不准……反正我说什么她们都不听咯！”

“那块地也值不了几个钱咯？”

“这我都查过了。钱的话，我一次性付给你。”

“我不是那意思……”

“你要是不乐意，我绝对不强求！大不了就让小孩子打破头抢去哩！”

我看着幸之介说笑的样子，心里忽然冒出个念头，该不会他是有孩子了吧，可他倒坦白得干脆：“没没，还没呢！”

就是在那个时候，又有客人进了那片迷你庭园。也算运气好，女店员把他们引去了相反方向的客席，所以不曾撞上眼，但我可以肯定，那两个一起进来的客人，正是永井主任的老婆和那个肌肉白痴、公司二把手慎二。

“出、出什么事了？脸色那么难看。你要真不乐意，直接跟我讲就好咯！”

听到幸之介的声音，我一下回过神来。那两人的身影有一瞬被隔扇挡住了，不过从透雕成叶片状的部分里，刚好可以看见他俩坐在位子上。两人完全不曾注意到我，刚一坐到桌前，就把手握在了一起。

“怎么了？”

“没、没什么。”

“你认识？”

“不、不认识。”

不管是装饰成樱花花瓣的时令焖饭，还是看上去颇为鲜甜的红烧鱼，我都咽不下去。坐我对面的幸之介倒是毫不见外，伸过筷子连我的份一并吃下了肚。

“等把东西扔到宾馆，我可要好好出去耍一耍！藤田叔跟我说有个地方一定要去，给我介绍了歌舞伎町的风俗店。”

幸之介从口袋里掏出一张小纸片，我看着上面狂放的字迹，想起了藤田叔那一根根每一节指关节上都长满浓密毛发的粗壮的手指。藤田叔右手没有拇指。在一次工作的时候，他疏忽大意，拇指被夹在碑石和上台座之间彻底压没了。那股从白花岗岩材质的石料间流出的鲜血，就像从石头里溢出来的一样。

幸之介在账台付账单时，我越过他的肩膀偷瞄了一下永井主任老婆和慎二那边的情形。主任老婆脚边放着一只小旅行包，她正在往慎二的杯子里添茶。

我思忖着：元旦知不知道，她跟慎二也有一腿？要是他听到这个成天被他唤作“肌肉白痴”的家伙，也跟他一样，都是这女人的情夫，会不会大发雷霆？

在送幸之介去新宿宾馆的电车里，我几乎一路沉默不语。幸之介被如此大量的人群给惊到了，他抓着拉环隔着车窗眺望东京的街市，时不时还会担心地瞄我两眼。

他大概以为，我还在为那块土地的事烦心。但在我们跨上电车的前一秒，我就已经给了他回复：“你想怎么办就怎么办吧。”

他回了句“这样啊”，点点头，还笑着说：“要是有一天实在想让我还给你，随时跟我商量。”残酷的话语，大凡都是从泛着笑意的唇间倾吐而出。

到四谷站的时候，下了一大波人。幸之介在空出的位子上坐了下来。他把行李放在腿上，像被亮光晃到眼睛似的抬起头看着我：“小叔让我，接手他的铺子。”

背后车门已开始关闭，可以感觉到有人飞跑过来想冲上车，但似乎没赶上，车门便关了。

“你也知道，小叔他没孩子……”

“当石材铺的老板啊……也不错咯！”我莫名地笑起来。

“你觉得不错？我反正也搞不清……小叔还说，叫你回去，说‘一起干’。不过……”

“小叔他，气还没消吧？”

“还不都赖你，不听他的话，非要跑到东京来。”

车窗外吹进一阵风，幸之介低着头，风拨乱了他的头发。

我在小叔的石材铺里，整整干了四年。虽然每天搬的石料不一样，有深绿麻白花岗岩，也有南非黑花岗岩，可裹一裹草垫，捆好绳子绑在卡车上，然后巡回于市里的那些墓园，这种日复一日的机械劳动却不曾有分毫变化。毕竟是亲戚，小叔倒是很器重我和幸之介，答应我们干满五年就换去跑销售。

直到现在，我依然会时不时想起墓碑冰冷的触感。在热到虚脱的盛夏，把汗淋淋的脸贴上去，那种冰冰的刺感仿佛能让人一下子活过来。那时我已经跟鞠子结了婚，看到我抱着墓碑不放，藤田叔他们就会讥笑我："怎么？你家女人不给你碰？"

还有一次，在搬运用来插佛塔形木牌的架子时，忽然就下起一场猛烈的阵雨。我们决定先搬到墓地，等雨停了再来装配。墓地上已经放好香炉和附带的墓志碑，但主体部分才刚搭好中台座，一副有始无终半途而废的样子。我恍恍惚惚地目送着藤田叔的背影，看着他在稀里哗啦的大雨中慌慌张张跑回卡车。等我回过神时，只剩我孤身一个人，站在望不到尽头的山坡上，立于数百座墓碑中间，早已被淋得湿透。

雨水丝毫不讲情面，把墓碑也打湿了。每一座墓碑前，都放着五颜六色的花，同样被淋在雨里。

我在下着倾盆大雨的墓地里转来转去，漫无目的地找寻没有供花的墓碑。脚下越来越泥泞的地上，泥水在跳跃飞溅。就在那一瞬间，我忽然就闪过了“要不要去东京看看”的念头。鞠子三番五次，想要说服我。但我一直，还差那么点感觉——自己即将离开这片土地的感觉；还有即将从搬墓碑的工作里解放出来的感觉。

那一刻，昏暗的天空传来一阵轰鸣，一股强风横扫而过。被淋湿的工作服啪嗒啪嗒响个不停。就连建在山坡上的墓碑，似乎都成片翻倒了。倒下的墓碑，就压在那些供给它自己的大朵大朵的菊花上。

没多久，雨停了，天转眼放晴。半途而废的主体终于架好了上台座和碑石。在那块价值一百二十万的黑花岗岩墓碑上，金字雕着“南无阿弥陀佛”。我心里感叹，比起家族名号，人图的到底还是表面风光。

装配结束后，不管累成什么样，我们都会在墓碑前排成一排，为面前这个不曾谋面的逝者，双手合十，而后离开墓地。

幸之介照着他的计划连去了两家歌舞伎町的风俗店，

然后带着还嫌不够尽兴的表情，搭第二天的新干线离开了东京。酒还没完全醒透的鞠子，也不情不愿地来给他送行。

我和鞠子回到家后，开始商量怎么打发这个无聊的星期天下午。她看样子只想睡觉，而我则提议去附近那栋登在报纸小广告上的新楼盘的样板房参观一圈。鞠子一脸不耐烦，为了煽动起她的兴趣，整整花了我一个小时。当然了，我不想买，也没钱买。

参观的那个楼盘，房间实在不怎么样。墙壁薄不说，层高也不高。光是站在客厅里，就有一股压抑感。鞠子才看了五分钟就撤退回家了。我一个人在车站附近晃荡，刚好撞见从花店出来的元旦。

“今天要用朱槿插花？”我拍了拍他的肩，叫住了他。

“房东让我帮忙买的……你出来买东西？”

“没，去那边新开盘的公寓楼看看。”

“公寓楼？要买房？”

“怎么可能？！”

我和捧着朱槿的元旦并肩走在路上。沿着铁路朝他家走去的时候，乘着风飘散起一股甜甜的花香。也不知道出于什么目的，我居然把堂哥幸之介跑来东京找我商量卖地，这件我对鞠子都没说的事，绘声绘色地在他面前说了起来。也许是因为，我心底盘算着，顺着这个话题可以把慎二和永井主任老婆的事给端出来。在告诉他幸之介硬拉我去了一家高档怀石料理店，吃了个要价四千块的盒饭之后，我装出一副超然物外事不关己的样子，对元旦说："对了，说来也巧，慎二和永井主任的老婆，也在那店里呢！"元旦听后，就只应了声"是吗"。比起我，他好像更加事不关己。

"什么'是吗'，那可是慎二和永井主任的老婆！"

"听见了。"

"难道元旦哥你早就知道？"

"岂止是知道，把那两人撮合到一块儿的，就是我好不好！至于怎么撮合的嘛，你不也尝过滋味了吗？"

元旦笑起来，那笑容爽朗得几乎让人忍不住跟他一起笑出来。

"元旦哥你别开玩笑。你平时，对那个慎二，不是从来都没句好话嘛！还叫他什么肌肉白痴。再说永井主任，他要是知道了……"

"应该会发火吧。不过话说回来，就算搞上的是你，估计也一样会发火。"

“话是这么说没错……”

“难道你就可以，慎二就不行？”

“我可没说什么‘我就可以’……”

“那你就别介意了呗！”

穿过铁道口，元旦站定在一台卖香烟的自动售货机前。他身上只有五千块纸币，叫我借点零钱给他，可我总觉得这事说不通，磨磨蹭蹭不愿掏钱，他便催我：“别磨叽，快借我！”

“可是我，一直都以为，望月大哥和永井主任的关系应该是更加相互信任，或者说相互尊敬的……你不是给永井主任当了好几年副手吗？”

“你在说笑吧！那好，我问你，你尊不尊敬我？你不也给我当副手吗？！”

“你别岔开话题……换成我，我可做不出来。大家天天都在一起干活，居然对主任的老婆出手，还把别的男人介绍给她……”

“你爱怎么想怎么想，快借我两百。”

我乖乖拿出两百硬币递给他。他也从自己口袋里掏出好几个十日元的硬币，买了包超醇版“柔和七星”。

“那你干吗还一天到晚说慎二的坏话？你不一直说讨

厌那家伙吗？”

我对着元旦已经迈开步子的背影追问道。他头也没回，笑答：“我是讨厌他啊！只不过，我这人，跟我讨厌的家伙也一样可以打成一片。”接着，他又加了一句，“……也可以说，我讨厌的那些家伙，其实也没那么讨厌吧。”

我想起了永井主任在元旦家喝着啤酒，跟他讨论插花时的样子，便冲着他的背影喊：“那永井主任呢？”

元旦这次回过了头。他捧在胸前的那束红色朱槿，在夏日的骄阳下艳丽得仿佛带着毒。

“永井主任嘛……这男人被他同学戳戳点点，就只会一个劲点头哈腰。怎么想，我也不可能会喜欢他吧。”

我停在自动售货机前没有动，元旦招呼我“要不要上我那儿玩会儿”，我摇摇头回绝了。

“上我那去玩会儿嘛！”我身后传来了他的呼喊，不过只响起了一次。

副手田口拉了一大把方向盘，卡车驶进铺满碎石的停车场。轮胎碾压过细碎石粒的触感，直接传到屁股上。停车场里，其他卡车几乎都已归位。虽然日头已经拉长，但绯红的夕阳映在齐刷刷的车体上竟有些光彩夺目。碎石地扬起一股酸腐的尘土味，从车窗外面一直飘到卡车里面。

在倒进倒出好几次车终于入库之后，田口熄了火。“辛苦了。”我跟他打过招呼，跳下副驾驶席。坐在三号车装货台上的土谷哥，正拼命用毛巾擦着额头上淌落的汗珠，一看到我就说：“比平时晚嘛。”

“今天，也真够热的。又到夏天了。”

我点了根烟，靠在土谷哥的车边休息起来。新庄和另外几个人，正坐在五号、六号车的装货台上，谈论旁边那家翻新重开的小钢珠店。

“听说今天开始，淋浴房又能用了。”

“终于修好了？说起来，那淋浴房也坏得够勤的。”

土谷哥站起身，弯腰接过打工学生搬来的货放到车上。那学生应该是第一天来，膝盖颤得像在癫笑。

“土谷哥，你还真是毫不留情，又把人家使唤得够呛吧？看看他，都累惨了。”

那学生露出一抹怯生生的笑容，走回仓库去了。

“还不怪他自己，说什么在大学里玩美式足球，吹起来没完没了，所以我就把‘阳乐’那一栋楼的货，全派给他了。好好地说橄榄球不行嘛，什么美式足球，一听就来气。”

“阳乐？就是那栋没电梯的四层楼房？”

在我身后，田口已经开始装明天的货，我跳上装货台准备帮他一起弄，这时办公室那边传来一阵早已听惯的呵斥。不知道今天又是什么事看不顺眼，慎二似乎又在找永井主任的碴。这情形隔三岔五就会来上一回，根本不会有人放在心上，从断断续续传进耳朵的只言片语推测，慎二好像是因为主任直接把沾了汗渍的收货单交到他手上而大发雷霆。

“做人做成那样，也没什么希望了。”

隔壁装货台上传来土谷哥的说话声，我重新伸直刚弯下的腰，转头看向他。

“都成习惯了。不知不觉自己也没有意识到，一直挨人骂被人看不起，结果就习惯了。人哪，一旦习惯被人看不起，也就没什么希望了。”

对土谷哥的一连串感慨我一句话也没说，只是把目光转向办公室门口。相较平时、今天挺快就脱身了的永井主任，迈着熟练的步子走下了楼梯。他注意到我在看他，抬抬手招呼了一声“辛苦！”，我也抬起一只手算是回礼。千万不能让自己习惯被人看不起。我下意识地重复着土谷哥的话，脖子上的毛巾掉了下去。田口帮我捡起来，一边拍去尘土，一边小声问我：“干吗就不能抬起头怼回去呢？”他应该也看到永井主任从楼梯上走了下来。

“谁怼回去？”

“当然是永井主任了！他干吗一天到晚都那样逆来顺受？”

“我怎么知道。”

我接过毛巾，用脚把装货台上的货踢整齐。田口没再追问，消失在了仓库里。以前，我曾问过元旦同样的问题。据元旦说：“那家伙，买房的时候，首付是找慎二借的。现在他跟他老婆住的房子，就是用那笔钱买下来的。”

皮肤上的汗，在风的吹拂下渐渐变干。在装货台上等着田口把货搬过来的时候，我伸出舌头舔了一口手背。不知道是不是因为口感咸咸的，肚子叫了起来。田口把三箱可乐摞在一起抱了过来。夕阳照在他脸上，疲惫的暗影异常浓重。

“田口，休息下再干吧。”

“别了，早干完早收工。”

田口也不停手，接二连三把一箱箱货堆到装货台上。已经回办公室去的土谷哥和新庄几个，好像去了淋浴房。那里亮起了灯，敞开的窗口可以听到流水溅落的声音。跟我一样也在抬头望向二楼淋浴房的田口，忽就冒出一句：“我要盖塑料布了，您快下来。”说着，便气势十足地抖开了塑料布。

我照他说的跳下装货台，淋浴房的窗户里传来了新庄嚷嚷水冷的夸张的哀号。不觉间太阳已经落下，隔壁小钢珠店粉红色的霓虹灯，染红了停车场的碎石地。

田口给装货台罩上塑料布后，便朝淋浴房走去，我下意识地叫住了他。他回过头，可我到底想对他说些什么，连我自己都不清楚。

两年前的那个秋天，元旦突然离开了公司。

刚进公司半年的田口只怕还没经历过，一到盛夏最忙碌的时候，严酷的重体力劳动一天连着一天，就连经验老到的我都会感到头晕目眩。单单是装货量就要膨胀到冬天的三倍，更何况还有炎炎烈日毫不留情地照在身上，把身体里的力气一点点掠走。臂膀像蛇一样无力地缠绕在货箱上。在石材铺干活那会儿，幸之介曾告诫过我，所以我再怎么口渴，也绝对不会大口喝水。在身体濒临脱水时，猛然摄取大量水分相当危险。可就算这样，那些没经验的来打工的学生，还是熬不住喷薄的汗液和喉咙的干渴，总会趁我不注意偷偷喝水。但这些水去不了乏，解不了渴，也消不了暑。有人在车上呕吐。还有人嚷嚷着身体不适，被送去医院。而这些人，第二天便断了联系再也不会出现了。

在碰巧撞见元旦捧着朱槿从花店出来的那天之后，我依然跟着他的卡车，干着和从前一样的工作。不过，我再也没有提永井主任老婆和慎二的事。那年夏天，我拿到第一份奖金给公寓安了空调，把温度定在十六度，整个房间冷得就像冰箱，我和鞠子两人，裹在毛巾毯里，嘀咕着“冻死了、冻死了”。

气温超过三十度的日子整整持续了二十多天。就连元旦，送货时都无心东拉西扯。装的货一多，加班必然也多，送错地方、电话投诉、打工的学生无故缺勤、卡车出故障……那段时间，每个人都心浮气躁，情绪特别激荡。

那天晚上，我们回到办公室前的停车场，已经过了八点半，可仓库里依旧灯火通明，被烈日整整戏弄了一天的兄弟们，一边喘着粗重的鼻息，一边在装明天要送的货。

元旦熄了火，跳下驾驶席，拿起一沓收货单朝办公室走去。我跟往常一样，斜靠在装货台边点起一根烟。就在那时，我正纳闷元旦踩过碎石地的声音怎么忽就不响了，他竟回过身怒喝起来："你小子！先给我装货去！"那是我第一次因为工作被他怒喝。对着被吓愣的我，他又恶狠狠地瞪了一眼："该装哪些货，干到现在总该有数了吧！"我那会儿心底某个角落，还在猜想他该不会是在跟我开玩笑吧。我一边窥探他的脸色，一边回应"哦，好"。他自言自语似的扔下最后一句："别什么事都要我说，动动脑子自己干！"便走上了通往办公室的楼梯。

我扔掉刚点的烟，用脚踩灭。忽地，心口觉得一阵燥热。

走进仓库正准备扛起一箱货，土谷哥的卡车回来了。从驾驶席上下来的他，一看到我，就嚷嚷起来："凭什么，你俩倒比我们先回来?！不是说你俩送的货太多，所以‘阳乐’那栋楼才会匀到我这儿来的吗?!”他说着，粗暴地关上车门。我故意没有看他，把脚边的货扛到肩上。

流言早就散开了，都说元旦花言巧语讨好慎二，给自己定了条轻松合意的送货路线。周围憎恶鄙夷的气场和目光，就连给他做副手的我，都能感到丝丝缕缕渗进了身体，可当事人元旦却丝毫不放在心上，就像赶苍蝇似的，草草打发着这些气场和目光。这一点让土谷哥他们越发不爽。元旦的储物柜门上，甚至还被人吐过唾沫。

土谷哥一路瞪着从办公室走回来的元旦。不过他并没有上前找碴。就在元旦走出来的那扇门里面，可以看到慎二正在纠缠一个年轻的女事务员。

装完货的人，一个接一个上楼去了办公室。有几个还在楼梯上就迫不及待脱了工作服，用毛巾擦着背上的汗。元旦从办公室回来以后依然黑着脸，我和他机械性地装完了货。汗水，以一种令人生厌的速度流过脊背。我给卡车罩上塑料布，跟在元旦身后上了楼。走进办公室，慎二面前，永井主任又在挨训。真看够了。我们正准备径直走过去，公司的老总务荣子姐，把我托她准备的材料递给了我。是为了和幸之介签土地转卖合同需要的材料。

我在带储物柜的更衣室里脱去工作服，走进里间的淋浴房。刚一打开门，便闻到一股憋闷的汗臭味。好像哪儿又出故障了。一群脏兮兮的裸男扎成一堆，等着喷头出水。有几个已经累趴，一屁股坐在水泥地上。

片刻前还在挨训的永井主任刚一进来，喷头就喷出一股水柱。房间里响起一阵阴沉的欢呼，裸男们像花朵绽开一般，三三两两散开到墙边的喷头下。流水冲带着大家的汗液，在水泥地上哗啦啦地流淌。

我两手撑在湿漉漉的墙上，张开腿任由水从头顶灌沐而下。因为所有人同时在用，出水小得可怜，从头发上淌落的细流，落到背上时都已变得温热。也不知是谁，房间里飘起一股甜甜的洗发水的味道。突然，背后"啪叽"一下，传来一声闷响。我回过头，土谷哥正甩着湿湿的毛巾往墙上拍。就算眼睛被水糊湿了也还是能看得一清二楚，一只黑亮亮的苍蝇，躲过那条毛巾飞了起来。苍蝇停在染着黄斑的天花板上。不觉间，房里每一个人都在用眼睛追着那只苍蝇。可它偏偏纹丝不动。既像在嘲笑我们，又像是吓破了胆。

这时，新庄助跑两步飞身一跃，试图用湿毛巾拍打天花板上的苍蝇。可这一次，苍蝇还是灵巧地逃脱了，新庄落地时，只有他的小弟弟拍在肚皮上发出一声脆响。淋浴房里，充塞着一片疲惫的笑声。大伙各自甩着湿毛巾，追打那只苍蝇，“啪叽、啪叽”，沉闷的声响此起彼伏。到最后，那只苍蝇，灭杀在了我的手里。

周围响起一片敷衍的欢呼，掉在地上的苍蝇，颤动着翅膀，漂在水上被吸入了排水口。

就在众人准备重新开始冲澡的时候，门开了，慎二一路怒骂进来。那声音和他健硕的体格极不般配，带着一种歇斯底里的高亢，回荡在整个淋浴房里。我相信在场的不管是谁，一定都想把耳朵塞个严实。我甚至感到一阵恶心。他激愤地怒骂着，说他让永井主任写的发给供货商的订单写错了。大伙不约而同，把目光投向房间最里侧正背对我们冲澡的永井主任。我知道每个人心里都很明白错八成是慎二犯的，但同时也在心底里盼着“你就快给他认个错吧”。

大伙似乎都想赶紧逃离这间淋浴房，像约好似的，“啾——”，关水龙头的声音完美叠合在一起。但也因为这样，永井主任冲淋的那个喷头，水势突然猛增。和平时一样又开始叽叽歪歪数落个不停的慎二偏偏堵在房门口，所以谁都出不去。一群疲惫不堪的男人，像游魂似的站在湿答答的墙壁前，等着主任赔罪。在我眼里，那情景说不出地诡异。被一群裸男围在中间的慎二，好像也有点畏怯，向后退了几步，那声“给、给我跪地上磕头赔罪！”的怒喝，尖厉得破了音。就算这样，依然没有人站出来说话，大伙都摆出与己无关的样子，心里念叨着“快点赔罪好不好”。永井主任自始至终背对我们在喷头下冲淋，像是在默默忍受这一切。

“这回绝对不能轻饶你！快给我在大伙面前跪下赔罪！”

慎二每呵斥一次，房间里的气氛就僵上一分。每个人都在等，认定了永井主任这次也会跪伏在地。

然而，偏偏就是那天，永井主任过了很久都没有认错的意思。也不知道从哪一刻起，比起慎二，反倒是我们这些人，对迟迟不愿下跪的他感到烦怒难耐。不管用什么方法，我们只希望早点结束这一切。

“我做不到……”

那一刹那，永井主任淋湿的背脊轻轻颤动了一下。

“啊？你说什么？”慎二笑了起来。

“凭什么要我下跪，我做不到！”

永井主任依然背对大家，干脆利落地吐出这句话。极度失衡的沉默在房间里流淌。就像被人蛮不讲理硬逼着听了一首唱得一塌糊涂的歌曲。也就在那个时候。元旦向前迈了一步："不就跪一下嘛，有什么要紧的……我跪给你看。"他说着在湿透的地上跪了下去。

大伙一时都傻了眼，手里的毛巾忽左忽右无精打采地晃来荡去。

"愣着干吗！我都陪你一块儿了，还不快点。你要是不跪，看这样子我们大家也都回不去啊！"

那声音冰凉透心，冷得让人汗毛倒竖。

元旦那份"只想快点回家"的浅薄而猛烈的焦躁，就这样把永井主任一辈子大概也就那么一次的抗争变成了一场闹剧。主任心里刚刚萌芽的那一小株花蕾，被元旦无情地踩得稀烂。元旦伏跪在地，头像乌龟一样缩着，背上的水珠，顺着屁股滴落到水泥地。喷头里涌出的流淌在地面上的水，搔弄着我的脚趾。我的脚底，离开了地面。脚后跟高高抬起，踢向了他伏跪在地的肩膀。千真万确。最先踢过去的，正是我那只湿漉漉的脚。我的脚在他肩上滑了一下，势头过猛踢到了下颚，脚底可以感觉到他的体温。他惊诧地抬起头看向我，我又在他看我的脸上踹了一脚。就听到“咔嚓”一声让人不快的声响。我猛地收回脚，身体开始颤抖。随着身体越抖越剧烈，眼前蓦然间浮现起了那天看到的景象。墙壁，变成了淋湿的墓碑。我被上百座墓碑围在中间，站在一片望不到头的山坡上。在倾盆的大雨中，我孤身一人在墓园里淋得湿透。一群湿漉漉的男人，把蹲在地上的元旦围了起来。身体止不住颤抖的我，脚边淌来一片混杂着血丝的唾沫。那片红色唾沫，被喷头涌出的流水席卷而去，在排水口那里卷起了旋涡。那之后，不知是谁抓住我的肩，把我推到后面自己冲上前去，从下往上对着元旦的肚子撩了一脚。而后所有人动作一致，都开始踹他。长满汗毛的腿，细细长长的腿，一次次踢向他的身体。前后左右都有水珠在跳动，最下面的地方传来了他的呻吟。元旦试图逃脱，脚一滑摔倒在地。墓碑前供奉的鲜花，一枚枚花瓣上，落下了一串串水珠。冒着滂沱的大雨，我在墓园里转来转去。湿软的泥土弄脏了鞋子。枯败的鲜花散落一地。狂风横扫山坡，透湿的工作服啪嗒作响。山坡上的墓碑，一座接一座倒下。供在墓前的花朵，被压在了碑下。我终究没能找到没有供花的墓碑。远处，传来藤田叔的声音。有很长一段时间，我一个人在那里四处搜寻。白菊花，黑百合，铃兰，水仙，每一座墓前都有花。“饶了我吧！”那一声呜咽，是元旦发出的。他已被关进牢笼。一座由男人的腿搭建而成的牢笼。被人推到外围的我，这一刻正用身体拥抱湿润的墙壁。脸颊贴上去，温热温热的。我闭上了眼。花瓣，从裂开的天花板上飘落下来。掉在地上，一片接一片，被水摄卷而去。它们转着旋涡，被吸入排水口。铺洒了一地的花瓣旋涡。一片不剩，统统被吸了过去。我架不住这样的景象睁开眼睛。水泥地赤裸裸地呈现在眼前，蹲在地上的他泣不成声。噬灭而尽……他的身体……被那些湿湿的皮肤……只剩下……花瓣……

化成薄片的肥皂，在排水口打着圈圈。我用脚尖踢了一下，那东西在湿滑的地上溜了出去，撞在墙上。

“要不要吃碗面再回家？反正今天，嫂子也要晚回来是吧？”

走出淋浴房时，田口提议说。仔细看，他这半年肩上长了不少肌肉。

“你怎么知道鞠子晚回来？”

“呃……不是大哥你，今早自己说的吗？”

我回过身扫视了一眼淋浴房，除了田口和我，再没有其他人留在里面。

那之后第二天，元旦还是照常来上班了。出了那样的事，最开始几天到底有些尴尬，我那时觉得自己既像被踩的花，又像踩花的鞋。不过幸好，没有人炒冷饭重提那档子事，不知不觉，我和他又像以前一样，一边说些无聊的蠢话一边送货。就那样过了两个月，他突然一声招呼没打就不干了。

我和田口在更衣室换衣服，听到办公室那边，传来慎二拉永井主任一块儿去新开的夜总会的声音。主任老婆现在是不是还跟慎二有所往来，我并不清楚。我扔下还在穿袜子的田口，先一步走出更衣室。就在我们出来的时候，主任和慎二一同走进了淋浴房。听对话的内容，似乎准备结伴去夜总会，所以慎二也一起冲个澡再走。

正在加班加点核算工资的荣子姐，忽然叫住我："这回又上哪家去住啦？"她一个女人要养三个孩子，在知道我和鞠子轮番入住各大高级酒店的事后，无奈地感慨：也就趁没孩子的时候还能疯一疯。

"新宿的东京柏悦。"

"一晚多少钱？"

“不到五万吧。”

荣子姐一如往常特别夸张地叹了口气，喃喃着“真会享受”，继续敲打她的计算器。

因为鞠子说剧团排练会晚，所以上个月住柏悦时，我们是分头去的。我先到酒店，也没什么特别的事可做，就跟往常一样打开大屏幕电视，拿起一罐啤酒躺在床上看巨人对战阪神。到第八局下半回合前后，鞠子出现了，她也一样，看起来无事可忙，一如既往开始给她自己写信。每次写完都托酒店前台寄回我们那间小公寓。在住过的这些酒店里，东京柏悦感觉最好。室内装潢沉稳大气，房间也特别宽敞。拉开窗帘，平时开着卡车四处转悠的街区的夜景尽收眼底。在这间宛如悬浮在半空的豪华客房里，我和鞠子几乎没有开口说一句话，一个在看棒球直播，另一个在忙着给自己写信，打发时间。最近，她不再数落我“难得住一次酒店，看什么棒球嘛”，而我也不再从她身后想要窥看“你到底给自己写什么信嘛”。直播结束，我关上电视，洗个澡钻进被窝。只有房间那一角一直亮着灯，直到夜已深。

我打完卡走出办公室，田口追在我身后，从楼梯上面对我喊：“大哥等等嘛。我们一起回。”

我没有回头继续走下楼梯，最后三格直接跳了下去。麻麻的震感从脚后跟一直传到头顶心。

今年开年，收到一张元旦寄来的贺年卡。本来就印着“谨贺新年　元旦”的卡上，真就只有那几个字。我看着空空如也的纸片，猜想那家伙大概是把“元旦”二字，当作自己的名字了。也就是说，他还好好活在世界的某个角落。

田口下了楼，我和他沿办公楼的墙朝前走。顺墙而下的排水管裂了道缝，主任他们冲澡的水飞溅到地面上，积成一个小水塘。

“要不要去吃点什么？”走在前面的田口问。

“不了，我回去自己做了吃。”我冲他的背影回答。

我学着田口的样子，跳过水塘，回转身抬头看着排水管。那根生了锈的水管，一直连到淋浴房的排水口上。

文
景

Horizon

社科新知　文艺新潮

公园生活

［日］吉田修一　著　伏怡琳　译

出 品 人：姚映然
策划编辑：廖　婧
责任编辑：廖　婧
实习编辑：上官良子
营销编辑：王园青
封面设计：山川制本 workshop
版式设计：董雪晴

出　　品：北京世纪文景文化传播有限责任公司
（北京朝阳区东土城路8号林达大厦A座4A　100013）
出版发行：上海人民出版社
印　　刷：北京盛通印刷股份有限公司
制　　版：南京展望文化发展有限公司

开 本：890mm × 1240mm　1/32
印 张：5.5　　字 数：84,000　　插 页：2
2019年10月第1版　　2019年10月第1次印刷
定 价：39.80元
ISBN：978-7-208-15996-9 / I・1844

图书在版编目（CIP）数据

公园生活 /（日）吉田修一著；伏怡琳译．—上海：上海人民出版社，2019
ISBN 978-7-208-15996-9

Ⅰ. ①公…　Ⅱ. ①吉…　②伏…　Ⅲ. ①中篇小说—小说集—日本—现代　Ⅳ. ① I313.45

中国版本图书馆 CIP 数据核字（2019）第 152022 号